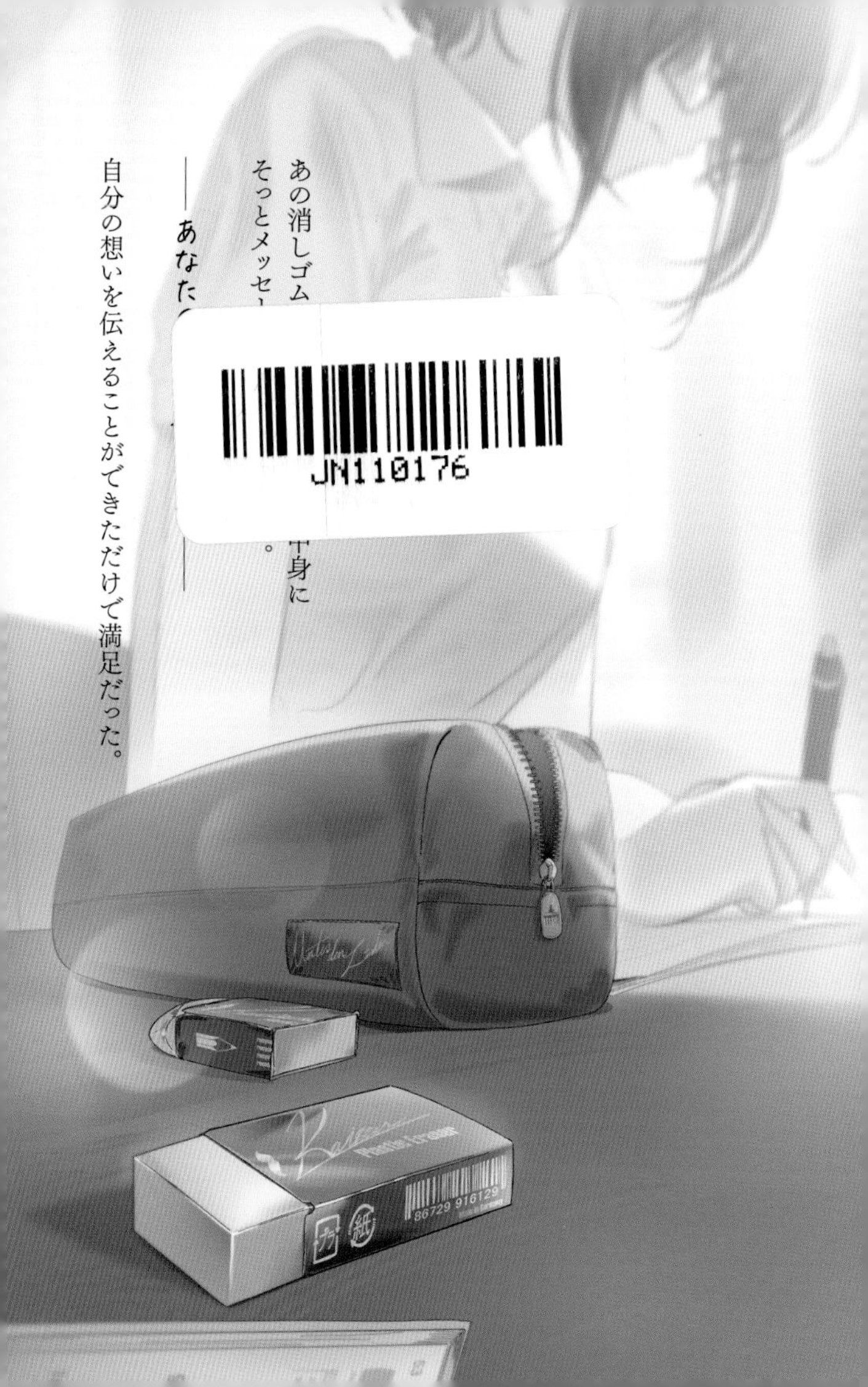

あの消しゴム[illegible]中身に
そっとメッセー[illegible]。
——あなた[illegible]——
自分の想いを伝えることができただけで満足だった。

References

『走れメロス』――太宰治
『蜘蛛の糸』――芥川龍之介
『はつ恋』――ツルゲーネフ
『D坂の殺人事件』――江戸川乱歩
『春琴抄』――谷崎潤一郎
『グレート・ギャッツビー』――フィッツジェラルド
『ティファニーで朝食を』――カポーティ

「どう？」
――どうと言われても言葉に詰まる。
それなりに読書をしてそれなりに言葉を扱えるつもりになっていたのに、
僕の想像力で引き出せるどんな言葉をもってしても
彼女を形容するには陳腐すぎる。
言葉を失い、ただただ見つめるしかない。

葵《あおい》栞《しおり》
笹葉《ささば》更紗《さらさ》
黒崎《くろさき》大我《たいが》
若宮《わかみや》雅《みやび》

僕らは『読み』を間違える

水鏡月聖

角川スニーカー文庫

23443

Contents

illustration ぽりごん。
design work 長崎 綾（next door design）

――事実は小説より奇なり。

言わずもがなイギリスの詩人バイロンの言葉だが、果たしてそうだろうか。

この世の中は実につまらない。小説の中に描かれるような奇想天外な出来事など起こりはしないのだ。

事実、奇跡は奇跡であって現実に起こらないから奇跡なのだ。

妖怪や魔物なんて存在しないし、タイムリープにしたってありえない。宇宙人にしたって実在していると本気で信じるのは小学生くらいまでにしておいた方がいい。

この世に魔王も存在しなければ勇者も存在しないし、もちろん魔術師も愛らしい魔法少女も実在しないということぐらいは皆さんもご存じだろう。

もし、その実在を信じているというのであれば、あなたは病気だ。しかも病院で治すこともできないような恐ろしくて恥ずかしい病気だと断言しよう。

もちろん空から突然金髪碧眼《へきがん》の美少女が降ってくることもありえないのは言うまでもない。

カワイイ妹？　残念だけど実際の妹と言えばわがままで兄のことなんてゴミ以下くらいにしか思っていない。

せめて……、せめて、隣に住むカワイイ幼馴染《おさななじみ》や、憎たらしくも愛《いと》しい妹の存在、入学式の日に偶然曲がり角で食パンをくわえた美少女にぶつかってそれがいきなり隣の席へ、なんてラブコメな青春ぐらいはあってもらいたい……。と思う事さえ儚《はかな》いものなのだ。

そんな残酷な生活を否定して、不慮の事故に遭ったとしても異世界に転生することだってありえない。もし、万が一。異世界転生したところでどうだろう？　たとえチートなスキルを与えられたところで、勇者になどなれない引きこもりが異世界に一人増えるだけだろう。

そう、現実世界は残酷なまでに何事も起こらないし、僕はメーテルリンクが『青い鳥』の中で語るように、何もない日常のすぐそばにこそ幸せがあると気づけるほどに歳《とし》をとりすぎてはいない。

そんなことをつぶやきながら、あの頃の僕は長い坂道をうつむいたままで歩いていた。

こんな世界に夢や希望なんてないとひねくれて愚痴ってばかりいた。

少し話はそれるが皆さんはこれから語る物語の舞台となる岡山県という場所がどこにあるかご存じだろうか。

華やかな港町を有する神戸《こうべ》のある兵庫県の西で、お好み焼きやカープの広島県の東、うどんで有名な香川県の海を挟んだ北で、砂丘のある鳥取県や出雲《いずも》大社でおなじみ島根県の南の、特にこれといったものが何もないのが岡山県だ。

強いて特徴を挙げるならば岡山県とは〝晴れの国〟がキャッチコピーである。その名の通り日本で一番雨の日が少ない。さらに岡山県立図書館は日本で一番利用率の高い図書館である。

つまりは外は晴れているにもかかわらず室内にひきこもり読書に耽《ふけ》るという残念極まりない地域だ。

しかもここはそんな岡山県のさらに郊外。もはやここに住んでいるのは日本人ではないと思ってくれて構わない。テレビをつけてそこに流れる東京や大阪、京都のことなんてまるで外国のような、自分たちの生活とは遥《はる》か縁の遠い世界のことだと考えている。

そんな世界の隅っこで最悪の高校生活をスタートさせてしまった僕は、いまさら何に期待を持って生きて行けばいいというのだろうか。

だから現実なんかに期待せず、読書に耽ればいいのだ。優美なる想像の世界と悲痛なる妄想の世界に浸って過ごす……。もう、それで十分ではないか。

今から語られる話は、そんな、どこにでもあるようなごくごく普通の物語。

異世界も勇者もタイムリープも、すこしふしぎな奇跡も殺人事件さえ起こらない、ごくごく普通の物語。

『走れメロス』（太宰治著）を読んで　竹久優真

正直な話。太宰《だざい》治《おさむ》という小説家があまり好きではない。

おそらく、古今東西の小説家の中でも、その人気は一位二位を争うほどで、イケメンでモテモテ。才能には恵まれ、資産家の息子ときたものだ。

なのにどうだろう？　この男、はっきり言って相当に失格な人間なのだ。

薬物中毒で、大酒を飲み、約束は守らず、金に、女にだらしない。挙句になにかある度に死のうとする始末だ。

いったい、何が不満だというのだ！

それほどに恵まれてなお、どこまでわがままを言おうというのだ。

世の中の人間の多く、たとえば僕のようにいたって平凡、あるいはそれ以下のような人間からしてみれば……

――要するに、妬んでいるのだ。

『エロスはいきりたった！』

そんな書き出しでその物語は始まる。

傍若無人にムチをふるう女王様のうわさを聞いたエロスはいてもたってもいられず、すぐさまその足で宮殿のようにきらびやかなネオン瞬く雑居ビルに入っていくが、あいにくその日は目的の女王様は出勤しておらず、失意のままに家に帰る。

友人、セリヌンティウスに連絡をとり、また改めて一緒に行こうと固く約束をするも、その日が妹の結婚式であったことを忘れていたエロス。

結婚式が終わるやいなや一目散に女王様のお店に向けて走り出す。

それというのも、友人セリヌンティウスは、約束の開店時間までにエロスが到着しない場合は目当ての女王様を自分が指名すると言い出したのだ。

エロスは走る。

「こよいわたしはシバかれる。シバかれるために走るのだ！」

まだ開店時間まで余裕がある。とエロスはあまたの誘惑に何度もつられそうになり、気が付けば時間がどんどん迫っている。

近道をしようと細い路地裏を入っていくと、そこで三人の男に性的暴行を受けてしまう（なんというヒドイ展開！）。

それでもなお走り続けるエロス。時間ギリギリにお店に到着したエロスにセリヌンティウスは言う。

「エロス、君は真っ裸じゃないか」

女王様とのプレイを妄想していたエロスは走りながらも我慢できず、一足先に全裸になっていたのだ。

「セリヌンティウス、俺を殴ってくれ！」

道中、男たちに輪姦《りんかん》されたエロスは、同性愛にも目覚め、セリヌンティウスにＳＭプレイを要求する。

それは、セリヌンティウスの望むところでもあった。お店の受付前でプレイを始めてしまうエロスとセリヌンティウス。それを見ていた女王様は二人のもとに歩み寄り、

「わ、わたしも、仲間に入れてくれないだろうか！」

三人は仲良くプレイルームへと入っていく。

〝文芸部〟と表札のかかった、静かながらも老朽化の進む教室の中、その『恥《はじ》れエロス』という物語を読み終わったばかりの僕の目を覗《のぞ》き込む彼女。

長いまつ毛と黒目がちな大きな双眸《そうぼう》が、黒縁の眼鏡のレンズ越しにきらりと輝く。

「感想を聞きたいのだけれど？」

そう言って、まばたきをぱちりと一度だけして、じっと僕の方を見つめている。

この部活動の部長である彼女、葵栞《あおいしおり》は黒髪のショートカット。文学乙女を思わせる眼鏡姿の彼女は、おとなしく地味な風貌ながらも個人的にはどストライクだと言って間違いではない。そんな彼女とふたりきりの部活動だと喜び勇んで入部したのが間違いのはじまりだった。

そもそも彼女の性格には問題がありすぎる。

「感想を、といわれても……専門外ですよ。僕は」

文学を愛する僕にとって、目の前にある彼女が先日同人誌即売会で見つけたという薄い小冊子の漫画は、専門外であると言い切れる。いや、それどころか……

「これ、基本ＢＬじゃないですか」

「ＢＬをキライな女の子はいないからね」

「それは偏見です。いや、それ以前に僕、男ですけど……」

「〝男〟という言葉を使うのはどうだろう？　だって君はまだ童貞だろう？」

「童貞だろうと男は男です。それにこれはあきらかにR－18ですよね？」

二か月前に高校生になったばかりの僕は当然18歳未満であり、それを言うならば、大きくたわわに実った夏服の彼女の胸もとにぶら下がるストライプのネクタイは、入学の年ごとに色分けされているもので、緑色のそれは今年二年生の証拠である。即《すなわ》ち、考えるまでもなく彼女もまた18歳未満なのだ。

「まあ、そんな細かいことは気にしなくってもいいじゃないか」

――まったく。こんなはずじゃなかったんだけどな……

ここしばらくの間で、何度繰り返されたかしれないそんな言葉をつぶやく。二人きりの静かな部室を見回すと、教室の壁一面に並べられた書架と無数の本。古い紙とインクの匂い。昼過ぎに突然降り出した雨がまるで嘘《うそ》だったかのように、窓から差し込むたおやかな日差しが室内に舞う小さなほこりをキラキラと輝かせている。その日、今年初めての真夏日を記録したにもかかわらず、山の斜面の上方に建てられたその旧校舎の室内には心地の良い風が吹き込み、窓際の臙脂色《えんじいろ》のカーテンをやさしく揺らす。

「ちゃっおー、しーおりーん！」

教室の静寂を打ち破る底抜けに明るい声が響き、同時に教室の引き戸が大きくひらかれた。

まるで太陽を連想させるかのような小柄な体軀《たいく》の少女の夏服から飛び出す四肢は、ほのかな褐色を帯びている。胸元のネクタイは僕と同じ青のストライプで、一年生だという証拠だ。栗色《くりいろ》のセミロングの髪を風になびかせつつ、おしとやかさのかけらさえ感じさせないのは肩幅以上に開いた彼女の足のせいだろう。

猫だか、きつねだかのように吊《つ》り上がった双眸は笑顔とともに線のように細くなり、その眉とともに二つのVを描いている。

僕はそんな彼女の表情を見る度、いつも決まって「ししっ！」とアテレコしてしまう。無論、彼女がそんな言葉を発しているわけではなく、あくまで僕の心の中でだけつぶやかれるのだ。

控え目に言って、彼女、宗像瀬奈《むなかたせな》はとびきりの美少女である。

物怖《ものお》じしない性格で、人懐っこく、方々に首を突っ込んではかき乱すものの決まって彼女はいつも笑顔なのだ。そんな彼女の周りにはいつも笑顔があふれ、そんな笑顔に魅了さ

れない男子生徒などいるはずもない。

ちらり、と僕の方を一瞥《いちべつ》して、

「なんだ、ユウもいたんだ」

ワントーン落として、少し不機嫌そうにつぶやく。

「いちゃ、マズイかな？」

「だってさあ、アンタ。今日の放課後サラサたちと遊びに行くんじゃなかったの？」

「いや、まあ……。なんというかな、あれだよ。僕なりに気を遣ってみたんだけど……」

「はあ……」と、彼女は息をつき、「まあーったく、そうならそうとアタシにひとこと言っておいてよね。アタシだって今日、サラサたちと一緒に行くつもりだったんだからっ！」

「なんだ、そうだったのか……で、じゃあなんで宗像さんはこんなところにいるんだ？」

「いや、何でじゃないでしょ！　アンタがいないからでしょ！」

聞きようによっては、勘違いして調子に乗れそうな言葉だったが、あいにく彼女が言っているのはそういう意味ではないだろう。

「……そうか、ゴメン」

「いや、別に謝ってくんなくってもいいけどさ。さすがにアタシだってあの熱々カップルの隣に一人でいるのは気まずいわけよ」

宗像さんの親友、笹葉更紗《ささばさらさ》は僕の友人の黒崎大我《くろさきたいが》と少し前に恋人同士になった。美男美女の完璧すぎるカップルだ。もちろん、友人として祝福はするが、やはり周りの人間としては少しばかり気を遣ってしまうものだ。僕にしても、宗像さんにしても……

「ああ、これ！　〝あみこ&つみこ〟の新作じゃん！」

机の上に置かれたBL同人誌『恥れエロス』を見つけた宗像さんは息も荒くに薄い冊子を手に取った。

〝あみこ&つみこ〟という名はその同人誌にちゃんと記載されてある。宗像さんが息巻くほどに有名な漫画家なのかと感心もするが、それよりも……

「い、意外だな……。宗像さんもそういうの……読むんだね……」

「え？」

と、一瞬驚く彼女。腰に手を当て、薄い胸を張りながらに堂々と宣言した。

「ったり前じゃないの！　BLをキライな女の子はいないからね！」

――偏見……なんだよな……。少し、自信がなくなった。

椅子に座り、夢中になって同人漫画を読み始めてしまった彼女。仕方なしに僕は立ち上がり、インスタントのコーヒーを淹《い》れる。

部室に唯一置かれた家電製品である湯沸かしポットでお湯を沸かし、用意されているそれぞれの専用マグカップにいつものようにコーヒーを淹れる。僕と栞さんはともかく、宗像さんはここの部員でもないくせに、ちょくちょくと顔をのぞかせるようになるうちに、いつの間にか専用のマグカップと大型のコンデンスミルクのチューブを持ち込んだ。僕と栞さんはきまってブラックコーヒーなのだが、宗像さんはミルクと砂糖の入った甘いコーヒーが好みだ。しかし、この部室には冷蔵庫など無く、したがってミルクもない。そこで彼女はコーヒーにたっぷりのコンデンスミルクを入れて飲むのだ。無論、スティックシュガーと常温で保存のできるコーヒーフレッシュを使えばいいことなのだが、コンデンスミルクのチューブなら一本用意するだけでかさばらなくていいというのはアウトドアの世界、ことさら荷物の量を気にする登山家の間では割と有名なテクニックらしい。いずれにしても読書家の僕からすれば縁の遠い世界の話だ。

「なあ、宗像さん。いっそのことうちの部に入らないか？　前にも言ったと思うけど、部員の足りていない現状のまま秋になると廃部になって部室を取り上げられてしまうんだ。だから今はひとりでも部員が欲しいわけだよ。なにも毎日来なけりゃいけないってわけでもない。なんなら幽霊部員だっていいわけだからさ」

「でも、今はまだ大丈夫なんでしょ？」

「え？」

「ほら、秋までは自由にここが使えるわけ。もし、それまでに部員がそろわなくてギリギリになったら、その時考えてあげるわ。そしたらきっとアタシはユウにすごいカシができるわけ。与えられたカードは最大限効果的に利用しなくちゃ」

そうして彼女はコーヒーを片手に、再び漫画の世界に没入する。しばらくして漫画を読み終わった宗像さんは得意げに、

「はあ、今作も素晴らしい出来！　まさに神作！　ねえユウ、これ、あれだよね。太宰治の『走れメロス』のパロディーだよね！」

と、言うまでもない当然のことを言った。

いや、本を読まない彼女からすればそれがわかったというのが賞賛されるべきことなのか。

「『走れメロス』学校の授業でやったよね！」

宗像さんのそんな言葉に、ああそうだったと当たり前のことを忘れていた自分が恥ずかしい。

中学時代の授業でやった『走れメロス』。あれは最悪だったという記憶で、思わず記憶の中から封印しかけていたのだ。

信じることの大切さと友情の大切さを説いた国語教師の授業の内容は反発を覚えるものばかりだった。しかし、それも致し方ないことだろう。あの教科書の抜粋は、僕からすれば一番大切な部分が切り取られてしまっていたのだから……。

その点で言えばこの『恥れエロス』という同人漫画は秀逸だと言えるのかもしれない。その、大切な部分が削除されていない原文をもとに描いているからだ。

僕は、部室に並べられた書架の中から太宰治の『走れメロス』を抜き取り、宗像さんのところに持って行った。

そして、少しばかり偉そうに彼女に言う。

「ねえ、宗像さん。『走れメロス』の結末、最後はどうなったか知ってる？」

「え？　たしか……。メロスたちがハグして、王様が改心して終わり……よねえ？」

「そう、たしかに物語はそこで終わる……教科書の物語ではね」

言いながら、宗像さんの向かいの椅子に座り書架からとってきた文庫本のページを開いて机の上におく。

「でも、原文の方はもう少しだけ続きがあるんだ……」

〝ひとりの少女が、緋《ひ》のマントをメロスに捧《ささ》げた。メロスは、まごついた。佳《よ》き友は、気をきかせて教えてやった。

「メロス、君は、まっぱだかじゃないか。早くそのマントを着るがいい。この可愛《かわい》い娘さんは、メロスの裸体を、皆に見られるのが、たまらなく口惜しいのだ。」

勇者は、ひどく赤面した。〟


「えっ、なにこれ？」

宗像さんはひどく赤面した。つい先ほどまで、あられもないBL漫画をケロリとした顔で読んでいたにもかかわらず、いまさらだ。

「原文の方ではメロスは最後、全裸で街中を全力疾走した挙句、セリヌンティウスと殴り合い、そして抱きしめ合ってるんだ。まあ、さすがにこんな結末を中学の教科書に載せてしまったら、さんざんネタにされるだろうからね。わからなくもないんだけど……」

「いや、セリヌンティウス……もっと早く教えてやれよってカンジ？　さっきのBL漫画の結末のシーン、これだったんだね。全裸で殴り合ってハグしてるっていう……でもさあ、何で太宰はこんな結末にしちゃったんだろう？」

「どうだろうね？　これは僕の解釈なんだけど、前半、なんだかんだと言い訳をしながらあまり本気で走っていなかったメロスだけど、後半、本気で走り出すと、自分の姿がどんなに不恰好《ぶかっこう》であるかなんて気にしなくなった……ということじゃないかな。まあ、文学の解釈なんてこれと言った正解があるわけでもないし、なにが正解なんて決めつけるものじゃない。だから、そこは勝手に自分なりの解釈をしてしまえばいいんじゃないかな」

なんとなく、うまく話をまとめてしまおうとした時、栞さんが話の中に割り込んでくる。

「でもさあ、せなちー。太宰治ってモテモテ男だったわけだけど、その実人間的にはかなり厄介なやつだからさ、そういうダメな男に気をつけなきゃダメだよ」と、僕が言いたかったけれども遠慮していた言葉を遠慮もなく言う先輩。「走るメロスに走らない太宰とかね」

「なにそれ？」と、宗像さんが半分興味を示したところで僕はそのエピソードを得意げに語ることにした。

「太宰が熱海《あたみ》に滞在しているあいだ、友人である檀一雄《だんかずお》は太宰の奥さんに頼まれて太宰のところへ宿代のお金を持って行くんだ。しかし、太宰達はそのお金を使って豪遊し、宿代が払えなくなってしまう。そこで『お金を工面してくる』といって檀を人質として太宰はひとり、熱海を離れる」

「あ、メロスと一緒だ」

「でも、ここからが違う。約束の期日になっても太宰は帰ってこない。そこで檀が太宰を捜しに行くと、井伏鱒二《いぶせますじ》と一緒に呑気《のんき》に将棋を指していたんだ。

怒る檀に対して太宰は一言。

――待つ身がつらいかね、待たせる身がつらいかね。

そう、言ったそうだ……」

「……意味、わかんないね」

「まあ、なんか適当なことを言ってごまかそうとしたんだろ。そんな感じのエピソードが絶えない人だからね、この人は」

「この時のことをもとに、太宰は『走れメロス』を書いたのかな？」

「まあ、『走れメロス』自体はシラーという詩人の『人質』や伝説などをモデルにして描かれたものなんだけど、この時のエピソードが内容に大きく影響しているというのは間違いないんじゃないかな。この事件の後に書いたのが『走れメロス』だったわけだし。

まあ、このメロスという人物、なににつけても自分勝手でしょうがない。考えなしに城に踏み込んで捕まるわ、勝手に友達を人質にするわ……

そのクセ妹の結婚相手にメロスの弟になることを誇りに思えだとか、自らを真の勇者だとかほざく。ダラダラ歩くわ居眠りするわ、なにかにつけて言い訳しながら自分が走らない理由を模索し続けている。『私は、今宵《こよい》、殺される。殺される為《ため》に走るのだ』なんていうセリフは完全に自分に酔っているとしか思えないよね。まったく、これじゃあ熱海の時の太宰治そのまんまじゃないか。

あと『走れメロス』の書き出しが〝メロスは激怒した〟となっているのに対し、太宰と将棋を指していた井伏鱒二がこの直後に描いた『山椒魚《さんしょううお》』の書き出しが〝山椒魚は悲しんだ〟となっているのも面白い。

もしかすると、太宰の師匠でもあった井伏鱒二がその時の気持ちを表したものなのかもしれない」

「まあ、なんにせよ人間失格ってところね」

「まあ、ひどいものだよ、この人は。ここでいちいち説明はしないけど芥川賞《あくたがわしょう》事件やら、志賀直哉《しがなおや》との喧嘩《けんか》やらもう、人間として救いようがない……でもさ、なぜだかこの手の人間ってのは才能が秀でていたり、女性にモテたりするもんなんだよね。神様っていうものが不平等だという証拠の一つだ」

そんな話をしながら、早くも糖分をいっぱい含んだ甘いコーヒーを飲み終えた宗像さんはおかわりのコーヒーを淹れに席を立つ。かわりに身を乗り出してきた栞さんが、その溢《あふ》れんばかりの胸を机に乗せてささやきかけてくる。

「ところでさ、たけぴー（栞さんは僕のことをそう呼ぶ）。『走れメロス』の真犯人は誰だと思う？」

「真犯人？　『走れメロス』はミステリではないですけど……」

栞さんは普段、あまり読書はしないと言うが、聞くところによれば推理小説なんかはわりと読んでいるらしかった。身内に、実際私立探偵がいるそうなのだ。しかしその実情は推理小説の中の存在とは程遠いものらしいのだが……。

「つまりね、あーしが言いたいのは、誰がメロスを殺そうとしたのか？　ということなんだけどね」

「メロスを殺そうとしたのはディオニス王……でしょ？　他に誰かいる？」

「あーしはね、この物語、裏にうごめく悪意のようなものを感じるんだよ」

「裏にうごめく……たとえば短絡的で、無鉄砲なメロスの性格をよく知ったセリヌンティウスがメロスに王の暗殺を企てさせる……とか？　でも、やっぱりそれはありえないな。メロスの性格があんなだからこそ暗殺なんて成功しないというのは誰にだってわかることだし、結果、セリヌンティウスが自分勝手なメロスのせいで殺されかける結果となっている」

「ははは、なるほどね。確かにメロスほどの短絡的な考え方の人間ならば、うまくやれば利用するのは簡単だろうね。でも、一番に注目するところはここだよ」

琹さんは机の上に置かれた文庫本を手にとり、ぱらぱらとページをめくる。開かれたのは、三人の盗賊がメロスに襲い掛かるシーンだ。

〝「待て。」

「何をするのだ。私は陽《ひ》の沈まぬうちに王城へ行かなければならぬ。放せ。」

「どっこい放さぬ。持ちもの全部を置いて行け。」

「私にはいのちの他には何も無い。その、たった一つの命も、これから王にくれてやるのだ。」

「その、いのちが欲しいのだ。」

「さては、王の命令で、ここで私を待ち伏せしていたのだな。」

山賊たちは、ものも言わず一斉に棍棒《こんぼう》を振り挙げた。〟

あきらかに、山賊はここでメロスの命を奪おうとしている。

「この山賊は、誰に雇われたのかっていう話」

「だってそれは、ディオニス王じゃないのかな？　だってここに……」

「でも、それって変じゃないかな？　王は人を信じることのできない人間で――」

そうだ。確かに言われるまでもないことだ。

「メロスが約束を守ったからと言って改心なんてするわけがない。王が山賊を雇っていたというのならば、王は初めからメロスが帰ってくるものだと信じていたことになる。山賊たちも、王に雇われたなんてことは一言も言っていない、が、確かに裏で誰かがメロスの命を奪うように指示をしているように感じる」

「――じゃあ、それはいったい誰？」

二杯目のコーヒーに、さっきよりもたっぷりのコンデンスミルクを入れた宗像さんが帰ってくる。ふうふうと息を吹いて熱すぎる熱を冷ましているあいだ、僕は必死に答えを考えてみた。

その横で、文庫本をぱらぱらとめくっていく宗像さん。不意に重大なヒントを言った。

「あ、こんな人物、教科書には出てこなかったな」

見ると、そのページに描かれていたのはフィロストラトスだった。セリヌンティウスの弟子だというその男は、ぎりぎり町に到着したメロスにこう言っている。

『もう、駄目でございます。むだでございます。走るのは、やめて下さい。』

『ちょうど今、あの方が死刑になるところです。ああ、あなたは遅かった。』

しかし、実際にはセリヌンティウスの刑が執行されるまでにはまだこの後しばらくの時間があるわけで、なぜ、この男がこんなことを言っているのか皆目見当がつかない。あるいは、まるでここでどうにかメロスを思いとどまらせ、セリヌンティウスを死刑にしてしまいたいようにも見えるのだ。

では――、一体なぜ？


僕の持つ知識から考察することで、やがて一つの答えにたどり着いた。

栞さんに向けて、僕はその持論を展開する。

「――フィロストラトスは石工だと言っている。その師匠であるセリヌンティウスもおそらく同じ……。

かつてのヨーロッパでは石工は多くの建築法を数学で編み出しており、その知識と技術は組合の中で秘密の暗号として共有されていたということは有名な話です。

そしてそれらの組織は歴史の裏で大きく政治と関わり、秘密結社として暗躍していたという都市伝説はあまりにも有名だ。また、この秘密結社というやつがカトリックとの折り合いが悪く何かにつけて目の敵にされていたはずだ。そして太宰もまたカトリックの信者であり、この秘密結社に対しては良い印象を持っていなかったとも考えられる。

さて、件《くだん》のフィロストラトスもセリヌンティウスもその秘密結社の一員だったと考えて間違いはないとして、そしてまた、ディオニス王のような暗愚王がいつまでも実権を握っていてはいけないと暗躍していたのかもしれない。

しかし、師弟の間でその考え方に対立があった。ディオニス王の暗愚はやがて国民たちの不信を買ってクーデターが起きるのは目に見えている。その時を待つという師の意見に対し、若いフィロストラトスはすぐにでも行動を起こさなければならないと考えていたのだろう。

そこで、彼は一計を案じる。

セリヌンティウスの友人の愚かで短絡的なメロスをたきつけ、事件を起こす。そんなメロスの計略が失敗するのは計算済みで、友達思いのセリヌンティウスはメロスを守ろうとその身を差し出す。その、愛のある友情劇を無視してセリヌンティウスを処刑するディオニス王に対する国民の反発心を一気に煽《あお》り、意見の対立する師匠をも同時に消し、国民を扇動して一気呵成《いっきかせい》にクーデターを起こそうと考えたフィロストラトスからしてみれば、メロスが帰ってくるというのは最も望まないかたちの結末だと言える。

だから、彼はメロスの命を奪おうとした……

しかし、フィロストラトスの計略は失敗し、また、ディオニス王はそれほどの暗愚ではなかった。それが、フィロストラトスの一番の間違い。

王は改心し、結果としてクーデターは必要ではなくなったのだが、果たしてフィロストラトスはこの結果をどう受け取ったのか。もしかすると、ディオニス王亡き後に自分の息のかかった後釜を据えることで陰からの支配をもくろんでいたのかもしれないし……」

と、つい調子に乗って熱く語っていた自分自身に気が付き、まったくバカらしくなってしまった。

「そんなわけがない。まさか太宰がそんなバカげたストーリーを書きたかったはずがないじゃないですか」

そんな自分に突っ込みを入れる僕をニヤニヤした目つきで見ている栞さん。結局のところ、彼女自身の考えがあり、言葉巧みに僕を誘導し、その思い描く通りに僕が考察し、熱く持論を語り始めた僕を見て彼女は笑っていたのだ。

まったく。恐ろしい人間だと嘆息するしかない。結局のところ僕は彼女の手のひらの上で踊らされていたにすぎないのだ。

「あ、あめ……」

と、不意に宗像さんがぽつりとつぶやいた。窓の外を見ると、いつの間に降り出したのかしれない雨が次第にその勢いを強めていった。

準備のいい自分を我ながら褒めてやりたい。まだ梅雨入り前とはいえ、用心深い僕は朝、ちゃんと傘を持って来ていた。

窓を閉めようと思い、そちらの方へと向かって歩いて行き、窓を閉め切ったところで、窓ガラスの向こうを走りすぎていくスーツ姿の男性教員の姿が見えた。思いがけない雨で、革の鞄《かばん》を頭の上に掲げて走りすぎていく。黒縁の眼鏡はすっかり濡《ぬ》れてしまい、大きなしずくが視界を奪っている。

その男性教員は、この芸文館《げいぶんかん》高校の教師ではなかった。無論、高校に入学したばかりの僕がこの学校の教師の顔を全て憶《おぼ》えているはずがない。ひとの顔を覚えられないことには自信があるくらいだ。

にもかかわらず、その男性がこの学校の教師ではないと断言できたのには理由がある。

その男性教員はぐるっと建物を迂回《うかい》し、この旧校舎の玄関口へと走っていった。

僕はタイミングを見計らい、その男性教員が文芸部の部室のちょうど前にたどり着いた時に、教室のドアから廊下を歩く男性教員を「おっさん！」と呼び付けた。

年配の男性、おじさんを意味する発音ではなく、〝お〟にアクセントをつけた発音だ。

おっさんと僕に呼び止められた男性教員は驚いた風に眼鏡越しに目をぎょろりとひん剝《む》いて、

「お、竹久《たけひさ》か！」と言った。

「こんなところでなにしてんですか？」

「卒業生が出身校に顔を出すのに理由がいるのか？」

「中年のおっさん（おじさんを意味する方の発音）の場合は必要でしょ？　変質者かと思われる……てか、この学校の出身だったんですか」

「俺はまだまだ二十代だ。おっさんではないだろ！　それにちゃんと許可を得てからやってきてんだよ」

言いながら、濡れた革の鞄で僕の頭を一撃軽くたたく。今度改めて暴力教師だということで教育委員会だかなんだかに文句を言ってやることとしよう。

そんな僕の腕をつんつんと突《つつ》いて「だれ？」と問う宗像さん。

「あ……この、僕の中二の時の担任。まあ、おっさん（おじさんの発音）って呼べばいいから」

そこでまたもう一度僕の頭を鞄でたたく。

「今、発音がおかしかった。わざとやっただろ！」

「はん、ばれたか……、改めて紹介。僕の中学の時の担任、奥山《おくやま》先生。理科の教師でカメラヲタク」

「そこまでは言わんでいい」

ともう一度鞄を振り上げるが、さすがに何度も同じ攻撃を食らうはずもなく、そこはひらりと華麗にかわす。

「なんか仲良さそうだね」

「「どこが！」」

宗像さんのつぶやきにふたりしてツッコミを入れる。

中学時代の担任だった教師、奥山先生は皆に「おっさん」と呼ばれ親しまれた教師だった。ちなみにこのあだ名は僕が付けた。奥山の最初の文字の〝お〟に敬称を付けただけなわけだが、当然本人がいない時やイラついた時は皆、中年男性を意味する発音の方で呼ぶ。

フレンドリーであまり教師らしくなく、職員室嫌いでいつも理科の実験室にいたのは、教師の間でいじめられていたからだという説もある。

「で、なにしに来たわけ？」

「いやな、来年度の受験の説明会なんかの話もあって今日はここまで来たんだよ。あ、俺、今年三年の担任な」

「それは気の毒に……」

「いや、まったくだよ」

この教師、仕事がキライなのだ。生活するために教師をしているだけで、熱血だとかそういうものとは縁の遠い存在だ。

「でな、その用事が終わったからこうして思い出の校舎を散策していたわけだ」

と、部室の中をながめながらゆっくりと歩き、

「この場所も変わらんなあ……」

と感慨深そうにつぶやく。

「なあ……もしかしておっさんって文芸部……だったんですか？」

「んー、そうだなあ、文芸部ってわけじゃあないなあ」

「じゃあなんでこの場所がそんなに感慨深いんですか？」

「俺がここを使ってた時はな、文芸部は部員不足で廃部になってたんだよ」

——文芸部って、いつもそうなのかよ……と、心の中でつぶやく。

「んで、まあ。ここの部室を使ってたってわけだ」

「カメラ部……とか？」

「ん、まあ……秘密だ」

秘密だと言われればそれ以上は追及しない。別に、興味もない話だ。

おっさんは一通り歩き回ってから、そのあたりの椅子を引いて座りこむ。すかさずそこへ、部長である栞さんがコーヒーを淹《い》れて差し出す。来客用の紙コップに淹れたインスタントのコーヒーだが、そんな姿はやけに彼女らしくなく、まるで気の利く女を演出しているようだった。

「どうぞ、おあついうちに」

「ああ、どうも。気が利くね……」

ニコリと眼鏡姿で微笑《ほほえ》む彼女に、いい大人のおっさんが一瞬、その姿に見とれたのがわかった。しかし、すぐに我に返って、照れ隠しにそっぽを向いた。

「それにしても、お前が文芸部だとはなあ……」

「ま、まあね……」

そう言って誤魔化《ごまか》しながら、栞さんの方はとても見られない。今頃どんな顔で僕を見ているのかなんて想像したくもない。

「あ、ねえねえおっさん！」

と、宗像さん。さすがに順応が早く、初対面なのにすぐにあだ名で声をかける。

「ねね、ユウって昔からあんなにひねくれた本の読み方してたの？」

「いや……そんなこともないんじゃないか？　俺が担任をしていた頃のこいつは本なんてまるで読まなかったからな……。竹久、お前あれだろ、本読み始めたのって三年の時……」

「うるさいだまれ」

イントネーションを欠いた言葉で制する。

「まあでもあれだな……ひねくれてたことはひねくれてたよなあ……」

そう言いながら、さっきまで宗像さんが読んでいた同人誌『恥れエロス』の本を見つけて、ぱらぱらとめくる。こんな同人誌、おっさん以外の教師に見つかったら速攻で取り上げられてしまうだろう。

「なあ、太宰治は自殺だと思う？　それとも殺されたと思う？　奇《く》しくも今日、六月十三日は太宰治の命日だ。本来、命日とされている桜桃忌は六月十九日だが、これは死体が発見された日と、太宰の誕生日にちなんでつけられた記念日。実際に死亡したのは今日、六月十三日かあるいは十四日だとされている。せっかくだからそんなことを話してみてもいいんじゃないのか？」

「はあ、太宰の命日……ね……」

「なんだ、竹久。不満でもあるのか？」

「いや、別に……」

——不満なら……。無くはないかもしれない。六月十三日は太宰の命日というよりは、僕の誕生日でもある。当然誰からもおめでとうなんて言われていないのだけれど、別にそのことに対して文句はない。そもそも僕はここにいる誰かに自分の誕生日を教えてなんかない。

以前に一度、僕の誕生日が太宰の命日と同じと言う理由で〝生まれ変わり〟だなんて言われたことがある。太宰嫌いの僕からすれば不名誉なことこの上ない。

「ねえ、ところでさ。太宰ってどうやって死んだの？」

と、今更当たり前のことを質問してきたのは宗像さんだ。一応、話についてこられないと彼女のために簡単に説明をしておく。

「太宰治は１９４８年の六月十三日、愛人の山崎富栄《やまざきとみえ》と玉川上水で入水《じゅすい》自殺をしたんだ。しかもこの日、雑誌に連載していた『人間失格』の最終回の掲載の日でもあったんだ。

この『人間失格』。言ってしまえば太宰自身の自伝的な側面の多い物語で、当時の新聞はこれは太宰自身の遺書だったと報道し、当然ながら話題となった。それから現在に至るまで約1200万部が売れた超ベストセラー作品であり、この作品の熱烈なファンは数えきれないだろう」

「ああ、でももったいないよね。そんなに売れたんならきっとお金もたくさん入ってきてウハウハな人生だったかもしれないのに、死んじゃったんじゃあ意味、無いよね……」

「まったくね。でも……」

言いかけた僕の言葉を奪うように栞さんが言葉をつなぐ。

「この太宰の入水自殺については多くの疑問があるのよ。一つの説として、愛人の富栄に殺されたんじゃないか、という説。

遺体が発見されたのは六月十九日。奇しくも太宰の誕生日であるその日は行方不明となってから六日後だった。

二人は赤い紐《ひも》で結ばれて抱きしめあった状態で川底の棒杭《ぼうぐい》に引っかかっていた。

富栄の遺体は激しく苦しんだ形相をしていたにもかかわらず、太宰はおだやかな死に顔で、あまり水を飲んだ形跡も見られないという。また、太宰の遺体の首には絞め殺された跡のようなものまで残っていたのよ。

つまり、太宰は入水前に死亡、あるいは気絶、泥酔状態のいずれかではなかったかと言われているのよ。入水地点にはウイスキーの空き瓶と青酸カリの空き瓶が見つかっている」

「つまり……それって、その愛人が薬を飲ませて殺したうえで赤い紐を二人にくくりつけて無理心中に見せかけたってこと？」

「さあ、どうだろう」と、僕はつなぐ。「富栄が首を絞めて殺したとか、落ちていた青酸カリの瓶は関係ないとか、ただ単に直前までウイスキーの瓶を手放せないほどに泥酔していたとか、可能性はいくらでもある。その中でそうであると一番ドラマティックで、そうであって欲しいと宗像さんが想像しているだけかもしれない」

「別に……そうであってほしいとかそんなことを考えてるわけじゃあないけど……」

「ただ、こうして現場にこういうものが落ちていましたよ。と言われてしまえば、人は自然、それらの道具すべてに役割を与えなければならないとすべてを関連づけてしまいがちだけど、なにせ川べりに瓶が転がっているだけなんて、誰かが捨てただけかもしれないし、どっかから流れてきたのかもしれない」

「でもね、当時の記録としてはこんなのも残っている」

と、栞さん。立ち上がり、豊かな胸の前で両腕を組んで僕らの周りをゆっくりと歩きながら、それはさながら名探偵が事件の真相へ向けて説明していくように、何の資料を開くわけでもなく、頭の中の記憶を引き出すにしてはあまりに一字一句鮮明に当時の説明をしてくれる。

「当時の記録によると、入水現場には下駄《げた》を思いっきり突っ張った跡と手をついて滑り落ちるのを防ごうとした跡が、事件発生より一週間も後、その間雨が降っていたにもかかわらず残っており、入水することを拒んで激しく暴れたのかもしれないし、いざ死ぬとなるとやはり怖くなってもがいたのか、それについてもはっきりとしない。けれど、現場検証をした中畑《なかはた》という呉服商が『わたしは純然たる自殺とは思えない』と警察所長に言ったことに対し、所長も『自殺、つまり心中ということを発表してしまった現在、いまさらとやかく言ってもはじまらないが、実は警察としても腑《ふ》に落ちない点もあるのです』と言っている。

警察は事件性があるとしながらも、終わったこととして処理したと述べている」

「ねえ、しおりん。太宰の愛人、トミエ？　そのひとが太宰を殺したのだとして、その動機ってなんなのかな？」

「『死ぬ気で恋愛してみないか？』と、太宰は言ったそうだ」

僕はその有名な言葉を彼女に伝える。

「文字通り、富栄は死ぬ気で恋をしたのかもしれないね。なにせ相手はその時代きっての人気作家。外見的にも魅力的で、そんな相手を好きになったのだから、それなりの覚悟は必要だったのだろうさ。たとえばそんな相手に本気になったにもかかわらず、色情のおさえられない猿のような男に弄ばれただけだと知ったなら、そいつを殺して自分も死ぬ。なんてヤンデレ展開もあるかもしれないよ」

「うーん。でも、そこまで人を好きになれるのって少し憧れてしまうかもしれない……」

「やめときなよせなちー。あんたは放っておいてもみんなに好かれる存在なんだから、何もそこまでしてろくでもない男を好きになる必要なんてないんだからさ……」

「じゃあ、俺もそろそろ理科の教師らしいことでも言ってみようか」

と、話のきっかけを作っておいてずっと沈黙を守っていたおっさんが語り始める。

「さて、そんな太宰の死因について、当時の日本にはまだ十分な検死の技術がなかったということは言うまでもない。が、昨今の進化した科学技術があれば詳細が明らかになっていたのも言うまでもないだろう。

しかし問題は五十年もたった今となってはそれを調べるための材料すら残っていないということだ。できることと言えば、残されたわずかな資料から、科学的な知識で再検証するくらいのことだろう。

さて、いちばんの問題は死亡から死体発見まで六日もかかったということと、発見現場が入水現場とそれほど離れていなかったことが挙げられる」

「それは……つまり何が問題なわけ？」

「太宰の遺体は衣服なども着用したまま、遺体の損傷も少ない状態で発見された。これは太宰の遺体が川底に沈んで、ゆっくりと川底を移動したのではないということだ。

通常、入水した場合、もがいて大量の水を飲み、肺の中が水で満たされることによって底へと沈む。しかし、先にも話が出たように富栄は苦しんだ形相をしていたにもかかわらず、太宰の表情は穏やかだったということから、太宰はもがいて大量に水を飲んではいないということになる」

「それって、やっぱり先に殺されちゃってたってこと？」

「そうと決まったわけじゃないよ。だいぶ泥酔していたから、もがくこともなかっただけなのかもしれない」

「そうだな、この時点では何とも言えない。

しかし要するにだ。浮いた状態では遺体が発見現場まで移動するのにおそらく一日だってかからない。六日後に遺体が見つかったのならば本来もっと下流の方へ流れ着いているはずだ。つまりはやはり遺体は一度どこかに沈んだのだと思われる」

「それはたとえばおもりを抱いて沈んだ……とか？」

「いや、そこまでする必要はないさ。人間が一度死ねば、時間とともに肺に水が浸入し、やがては底に沈むことになる。水に沈んだ遺体はその体内でガスを発生させ、再び水面へと浮上することになる。しかしこれにしても、当時の六月十三日から発見されるまでの気温や、その間雨が降っていたことを考えれば水温はそれなりに温かかったと考えられる。それならばやはり六日というのは浮上するまでに時間がかかりすぎなのではないかと思われる」

「んもうっ。じれったい！　結局のところ！　いったいなんだったのよ！」

長々と回りくどいおっさんの説明にしびれを切らした（あるいは話についていけなくなった）宗像さんが結論を急ぐ。

「──だ、そうだ。若者の時間の流れはおっさん（おじさんの発音）のそれとは違う。話の長い大人は嫌われるからそろそろ結論を」

おっさんは少し渋りながらも「じゃあ」と結論をまとめる。

「おそらく太宰は入水後まもなく心肺停止。遺体発見現場付近までまもなく流され、そこで引っかかった」

「引っかかった？」

「そう、水中の木の根にね」

「水中の木の根？」

「遺体発見現場の新橋付近の川の中は空洞状になっていたんだよ。そう、その断面はいわば丸底フラスコみたいなね。川沿いに生えていた木の根っこは水中で縦横無尽に広がっていた。その根に引っかかった二人の遺体はその場で肺に水が溜《た》まりいったん川底へ。そして体内にガスが溜まり浮上しようとしたところ、空洞の天井部分に引っかかって浮上するのにさらに時間がかかってしまったというわけだ。さらに、水死体の場合には首に絞められたような紋が浮き上がることがある……とまあ、こんな感じかな」

「うーん、で、結局どうなの？　太宰は殺されたの？　それとも自殺した？　結局。そこのところってどうなったのかな？」

足早に説明させておいて、納得できない様子の宗像さんに僕は補足する。

「まあ、首を絞められた跡があるってのが単なる勘違いってことは決まりだ。そもそもそこに関して言えば、はじめから矛盾だらけなんだよね。いくら太宰が酔っていたとはいえ、か細い富栄の手で男である太宰の首を絞めて殺すことができるとは考えにくい。それにそもそも青酸カリなんて用意する必要もない。

で、もし青酸カリで死んだのならば、おっさんの言うように死体が一度沈んで再び浮き上がるなんてことまでを富栄が知っていたとは思えない。ならば死体はすぐに発見される確率が高いわけで、そうなると死因が青酸カリだったたってことはすぐにばれる。だったら尚更《なおさら》心中に見せかける必要はなかったたってことだよ。

で、今度は僕の見解。理科の教師でもない文系な考察になるけれど、まず、『人間失格』は太宰の遺書なんかではない。後になって発見された資料によると、一度完成された『人間失格』はその後発表までの間何度も推敲《すいこう》が繰り返されている。で、実際の遺作と言えば『グッド・バイ』という小説がある。結局絶筆となってしまったこの小説を執筆中、作家としての自信を無くしてしまって自殺しようと思ったたんじゃないかな。

タイトルの『グッド・バイ』というのもいわくありげだが、この小説は十三話で絶筆となっている。これはキリスト教についていろいろ調べていた太宰らしい忌み数だと思う。言うまでもなくキリスト教で言う十三は不吉な数字であり、だからこそ心中の日にちも十三日に合わせたんじゃないだろうか。

つまり、僕は太宰はやはり自殺だったと思ってる。これは、殺人事件なんかじゃないよ」

僕の意見で、宗像さんもようやく納得した表情だった。おっさんも黙ったまま大きく一つ頷《うなず》いた。

これにて、一件落着……となるところだったが、やはり相も変わらず我が部の部長である栞さんはそんな簡単に物語を結末には導いてくれない。

「いや、これはれっきとした殺人事件だよ。しかも連続殺人……。あーしとしては死刑を求刑したいところだけれど、どうにも犯人は不本意にも死んでしまったので事件は迷宮入りするしかないという形になってしまったに過ぎない」

「まさか、それじゃあ富栄は本当は死ぬつもりじゃなかったみたいじゃないか。いくらなんでもそれは……」

「いや、たけぴー。そういうことじゃないよ。殺人犯は太宰治の方だ。太宰は富栄を殺し、自分だけが生き残って幸せに暮らすつもりだったんだろうよ……」

「え……」

「考えてもみなよ。最初にせなちーも言っていたけれど、本が売れて生き残ってさえいればお金もちになってウハウハだったんだよ、彼は。

それにさ、発表までに何度も何度も推敲を重ねたこの『人間失格』という小説。太宰自身かなりの自信作だったんじゃないのかな？

その最終回が掲載される当日、その作者が自殺を図ったというニュースが新聞に載ったら、どれだけの人がその『人間失格』という物語に興味を示すだろうか？　いや、現に話題となったその小説は日本の文学史上異例の大ベストセラーになったわけだ。計算違いだったのはその利益を自分が手にすることができなかったということ。

『グッド・バイ』や十三の忌み数など、むしろ出来過ぎていると言えば出来過ぎている。自らが本気で死のうと考えている状況での仕込みにしてはいささか冷静に計算し過ぎではないだろうか？」

「つまりは、太宰治自身の心中未遂、未遂……だったたってこと？」

「自殺未遂をすれば本が売れる。これは太宰自身過去に四回も繰り返し、その度そのうま味に与《あずか》ってきたんだ。

そもそも太宰は狂言自殺の常習犯でもあったわけだろう？　なにせデビュー作がいきなり『晩年』で、本人いわくこれを書いて死のうと思っていた……らしいじゃないか。

でも、その度に太宰に惚《ほ》れた女はことごとく命を失っている。狂言心中に見せかけて、それまで何人の女が彼の手によって殺されてきたことか……

玉川上水の時だってそうじゃないか？　富栄は苦しそうな顔をして死んでいたのだっけ？

果たして恋をした女は愛する男と心中するのであればそんなに苦しい顔をして死ぬだろうか？　でももし、それがその愛する男に頭を水の中に突っ込まれて窒息させられたのだとしたら？　心中に見せかけるためにわざわざウイスキーの空き瓶や青酸カリの瓶を用意したのであったのならば？」

彼女の言いたいことはよくわかる。

しかしそれはいくらなんでも信じたくはない推理だ。

『人間失格』であることに異をとなえるものは誰もいないだろう。

たとえ太宰嫌いを声高に主張する僕であっても、その意見に首を縦に振ることはできなかった。

僕は本当のところ、太宰をキライなわけではない。そのあまりに恵まれた、秀でた才能をひがんでいるに過ぎないのだ。

その才能に羨望のまなざしを向け、その相手を否定することで平凡な自分を慰めていただけなのだ。

なのになぜ、栞さんはそこまで太宰に対して厳しい推理ができるのだろうか？

そんな彼女の闇と、永久に謎のままであり続ける太宰治の死因について、暗い空気に包まれてしまったその教室内の空気を払拭するために、いつものセリフを言うことにする。

とある友人が言っていた言葉だ。

――まあ、わからないことがある方が世の中はおもしろい。

そんなあっけらかんとした言葉でその日の部活動を締めくくる。

窓の外は相変わらず雨が降り続いていた。

スマホをいじっていた宗像さんが僕を呼び付ける。

「あ、ねえユウ。今日サラサたちが立ち寄ったカフェのクレープ・シュゼット。すっごいおいしかったんだってぇ！」

「……そうか。それはよかったな」

「はあ？　アンタなに言ってんの？　そもそもアンタが今日、サラサたちとの約束を断らなければアタシだって一緒に行って食べてたはずなんだよ！　そこのところ、ちゃんと責任かんじてるわけ？」

「いや、それはいくらなんでも……」

「まあ、いいわ。アタシたちも今からそこのクレープ・シュゼット、食べに行きましょ！　ねえ、そんなわけでしおりん！　アタシたち今日のところはこれで帰るね！」

そんなことを言いながら、僕の腕を引っ張って文芸部という表札のかかった教室を後にする。

そして、到着したのは少しさびれたリリスという名の喫茶店。その喫茶店についてはまた別の機会に詳しく語るとして、その店のクレープ・シュゼットは確かに、文句なしにうまかった。

しかし、もっと驚いたのは、その日のクレープ・シュゼットを宗像さんがおごってくれると言い出したことだ。

何かにつけて僕に甘いものをおごらせようとする宗像さんが、いつもよりも少しばかり値の張るそのクレープ・シュゼットをおごってくれるというその理由を彼女に問いただした。

「え？　だって今日、ユウの誕生日でしょ？」

「え……。僕、自分の誕生日が今日だって、誰かに教えたかな？」

「ふふーん」

彼女はそう言いながら目と眉とで二つのVの字を描いた。

「アンタ今朝、風船飛んだってつぶやいてたわよね？」

――そのことに関しては確かに心当たりがある。しかし、それこそなぜだと聞きたい。

Twitter で自身の誕生日に設定した日に風船が上がるのは周知の話ではある。しかし、宗像さんが僕のTwitterを知っているというのがおかしい。もちろん僕自身が彼女に教えたわけでもないし、YUMAというハンドルネームだけでは身バレするなんて思ってもいなかった。しかし……

「そもそもYUMAなんて実名を名乗っているのがチョロいのよね。ユウの好きそうなものとか、地元が岡山であることだとか、そういうこと打ち込むとすぐに出てくるのよね。それに Twitterで何つぶやいてるかと言えば、読んだ本の感想文だなんて……、しかもものすごくひねくれたやつ。見つけてしまえばすぐに特定できるのよね」

――まったく。返す言葉もない。そして、それらのすべてが宗像さんに筒抜けだなんて思ってもいなかったし、何か余計なことを言ってしまったことがあるんじゃないかと気が気でならない。

「――えっと、いつから……」

「うん。まあ結構最近ではあるんだけどね。見つけたの。あ、そうそう。ユウのフォロワーの〝ななせ〟っていうの。それ、アタシのことだから」

慌ててスマホを取り出しフォロワーをチェックする。数少ないフォロワーの中から〝ななせ〟を見つけることは容易だった。アイコンやサムネイルさえ設定していないシンプルすぎるそのアカウントには、フォローしているものこそわずかにあるが、自身から発信しているものは何もない。それに、アカウント自体がつい最近になって作られたもので、それはいわば僕を監視するためのものだと言っても過言ではないかもしれない。これからは、発言に十分に気を付けなければならないと感じた。

「あ、そういえばさっきアンタ。太宰治の命日と自分の誕生日がおんなじ日だってこと、すこしやだなって思ってたでしょ！」

「よく……わかったね」

「わかるわよ、そのくらい。でもね、そういう時はもう少し違う考え方をした方が健全よ。ユウの誕生日と太宰の命日が同じじってことは、少なくとも太宰のファンからしてみれば一発でユウの誕生日を憶《おぼ》えてくれるっていうことなんだからねっ！　おかげでアタシも、太宰の命日なんて人生で絶対役に立たない情報を一発で憶えちゃったわよ」

そう言って、会計を済ませて（本当におごってくれた）店を出た彼女はスタスタとひと足先に歩き出した。

しかし、少し歩いて立ち止まり、振り返ってこう言うのだった。

「わかってる？　これはカシなわけ、アタシの誕生日には三倍にして返すのよ！　いいわね！」

そう言って彼女はいつものように目を細めて笑うのだ。

まったく。僕は今までいったいどれほどの借りを彼女に作っていることになっているのだろう。

夕方の少し涼しげな風が吹き、路面にできた水たまりの表面をやさしく揺らす。

「そう言えば、いつの間に雨は止《や》んだんだろう」

つぶやいて、彼女の少し後ろをついて歩く。

これからは、胸を張って言うことにしようと思う。六月十三日。この日は僕の誕生日であり、太宰治の命日だ。

そして僕はこの日、もう一つの記念日を制定する。

宗像さんがクレープ・シュゼットをうまいと言った。

だから今日は、クレープ・シュゼット記念日だ。

『蜘蛛の糸』（芥川龍之介著）を読んで

竹久優真

散々悪事を働いてきた盗賊のカンダタは当然のことながら地獄へ落とされる。そこに一本垂れさがる蜘蛛《くも》の糸。それは生前行った唯一の善行、蜘蛛を殺さなかったということからだ。その蜘蛛の糸をよじ登ればきっと地獄から抜け出せるとカンダタは登って行く。ふと下を見れば他の罪人までもが蜘蛛の糸を登ってくるので、これではこんな細い糸など切れてしまうと思ったカンダタが「この蜘蛛の糸は俺のものだぞ、おりろ、おりろ」と大声を出した途端、糸はカンダタの手元から切れて闇の底へと落ちて行ってしまう。

言わずもがな、因果応報を語った物語である。

日本でもっとも有名な小説家のひとり、芥川龍之介《あくたがわりゅうのすけ》の名著で、芥川初の児童向け文学。おそらく誰もが一度や二度はこの物語に触れたことがあるだろう。この物語の下地はポール・ケーラスというアメリカの作家の著書『カルマ』の日本語訳『因果の小車』の中にある一篇《ぺん》であるとか、ドストエフスキーの『カラマーゾフの兄弟』の中でグルーシェンカの語る『一本の葱《ねぎ》』という話がモデルにもなっていると言われており、スウェーデンの作家の『わが主とペトロ聖者』やイタリアの民話『聖女カタリーナ』、日本各地に伝わる『地獄の人参《にんじん》』など、数多くの類似した物語が存在するわけだが、この物語を初めてちゃんと読んだ、当時中学生だった僕はそんなうんちくなど知りもしなかった。そしてこの短い物語を自分の好きなように読み、全く自分勝手で間違いだらけの感想を抱いたものだ。

——お釈迦様《しゃかさま》は悪趣味だ。

うつむきながら歩いていた……

桜並木の坂道を僕は一人で歩いていた。はっきり言って気分は最悪だ。

僕は中学生の時に恋をした。いつも二人は一緒にいたし、ちょっとした理由もあってそれなりにうまくいっている自信もあった。

僕らは同じ高校を受験し、幸せな高校生活を送る予定だった。しかしながら僕は受験に失敗し、成績優秀だった彼女だけが合格。二人は別々の高校に進学することになった。

いきなり突きつけられた制限時間。いつまでも曖昧な状態は続けられないと、彼女を呼び出しその想《おも》いを告げた。

「ごめんなさい。わたし、好きな人がいるの」

……フラれてしまった。

想いを寄せる人にあっさりフラれ、高校受験に失敗した僕は滑り止めの適当な高校に進学し、その入学式の日の朝……。寝坊した。

入学式だというのに家族は誰も僕を起こしてはくれなかった。朝起きた時には家に一人ぼっちだった。

急いで家を出たのだが電車には乗り遅れた。次の電車は朝の通勤ラッシュの時間だというのに三十分待たなければならない。これだから田舎は嫌だ。

三十分後の電車に乗り学校最寄りの駅〝東西大寺駅《ひがしさいだいじえき》〟の北口という、もはや方角のよくわからない場所に到着したのは入学式開始八分前。

――走った。

途中から桜並木の坂道になり、そのはるか坂の上にこれから通う芸文館《げいぶんかん》高校がそびえたつ姿が見える。なんだってこんな不便なところに学校があるのかと問うたところでどうにもならない。今、走る以外の何があるだろうか。

しかしこんな時に限って人はつまらないことを考える。

果たして行きたくもないこんな学校に通う意味なんてあるのだろうか。彼女のいないあの学校へ毎日通う意味なんてあるのだろうか。今更、入学式に遅刻しなかったからと言って僕に何か幸せが訪れるとでもいうのだろうか。

その答えはすべてがノーだ。

走るのをやめ、トボトボと歩き始めた。ふと顔を上げれば、目の前には満開の桜並木の中に一本だけ、へんにねじれ曲がって、まるで枯れ木のような桜の木がある。花を咲かせることに一人だけ出遅れてしまったのか、それともそもそも花を咲かせることができなくなってしまった樹《き》なのか……。ともかく僕はその樹に自分の姿を重ね、それが僕の高校生活のメタファーだと感じとった。僕はその樹を……

「ちぇ――すと――！」

ボカッ！　と、鈍い音とともに後頭部に激しい痛みを感じた。

思わずうずくまる僕の横を軽やかに駆け抜ける足音が響く。そして後頭部を抱えながらその足跡を追うように坂道の上の方に目を走らせた。

その時が初めてだったかもしれない。僕が空を見上げたのは……

まだ肌寒さの残る春の空には雲一つなく澄み渡っていて、悪意のかけらさえ持たない薄黄色く輝く太陽がまぶしすぎるほどに輝いていて……。まぶしすぎてとても直視なんてできなかった。

太陽からのびる一筋の光線はまっすぐに地上に向かい、やがて坂道の途中で立ち止まり、振り返る少女の栗色《くりいろ》の長い髪の後れ毛の隙間を縫いながら地面へと落ちた。

薄小麦色の健康的な肌。狐《きつね》の目のように吊《つ》り上がった目を笑いながら細めている。眉は目とともにふたつのＶの字を描いている。

まだ使い慣れてもいない皺《しわ》の少ないブレザーは間違いなく同じく芸文館高校の生徒のもので、ネクタイは青と白のストライプ。入学年ごとに色の替わるネクタイはこの学園の特徴の一つで、僕と同じ青のストライプであることから同じ新一年生だということがわかる。

左手に握った革の鞄《かばん》はおそらく先程僕の後頭部を殴打したものであろう、男らしく背中に回して担いでいた。

「ねえ、君、遅刻するよ！」

元気な口調で叫ぶ彼女は再び目と眉でふたつのVを作った。

「ししっ！」と声が聞こえるようだ。無論、実際に彼女はそんな声など出してはいないのだろうが、僕の心の中でその音声をあてがった。きっと誰もがそうするに違いない。そう思えるほどに彼女の微笑《ほほえ》みが「ししっ！」と語っていた。

再び坂道の上へと振り返り、彼女のスカートのプリーツが遅れて半回転する。そして、まっすぐに走り始めた。

走り出した彼女のうしろ髪は太陽の光をいっぱいに浴びて黄金色に輝き、強く、しなやかに跳ねていた。その一本一本はとても丈夫そうで……。それを伝っていけばやがては地獄から抜け出し、極楽浄土へとたどり着く蜘蛛の糸のようにも見えた。

何も考えられなくなり、しばらくの間僕はその場に立ち尽くしていた。それが実際に何秒ほどの出来事なのかはわからないが、我に返った時にはすでに彼女の姿はなかった。

僕の好きな小説家である村上春樹《むらかみはるき》のとある掌編小説を読んだ僕は、もし、ある晴れた四月の朝、１００パーセントの女の子に出会った時、どうやって声をかければいいのかを常日頃考えていたが、いざそれが本当に起きると、なにも言葉は出なかった。それをあえて言い訳をさせてもらうなら、予定していたシチュエーションとはあまりにも違いすぎたから。

始業のチャイムが鳴り、完全に遅刻を確信した僕はようやく歩き始めた。

目の前には誰のものかハンカチが坂道の途中に落ちていた。紅葉《もみじ》の柄のついた白いハンカチだ。桜の樹の下で拾った紅葉柄のハンカチはあまりにも風情が無さすぎると感じたが、そのハンカチは先程の〝太陽の少女〟のものだと確信した。いや、本当のところ彼女のものでなくてもいい。ただ、「落としましたよ」と声がかけられればそれで十分だった。白い紅葉柄のハンカチは僕にとってはしあわせの黄色いハンカチ。いや、それ以上に運命の赤い糸ともいえる存在に感じた。

拾い上げたハンカチをブレザーのポケットに押し込み、僕は坂道を駆け上がっていった。

山の斜面に建てられたこの学校は、校門をくぐり正面の新校舎から入ってすぐに下駄《げた》箱がある。その新校舎の裏から登りの山道に沿って長い長い階段があり、その階段に沿ってさらに二棟の校舎がある。正面新校舎から順に、奥に行くほど建物は古くなる。

誰もいない長い階段を駆け上がり、一番上まで行くとちょっとした広場になっていて、正面に大きな食堂があり、その左手の方には体育館が見える。入学式はその体育館で行われている。

入学式はすでに始まっていた。ひとつだけぽかりとあいた空席のパイプ椅子に向かう。所在なげにまわりを見るが誰も遅刻者のことなど気にしている様子はない。まあそれも当然。所詮僕など脇役に過ぎない。

そして、主役というのはきっと彼のような存在なのだろう。いそいそと席に着く僕の隣に座っていた男子生徒は「新入生代表」という言葉で皆の前に出て行く。なるほど、これがうわさに聞く入試成績一位の生徒というやつか。しかも見ればとんでもないイケメンだ。美貌。と言えばいいのだろうか。まるで少女漫画の表紙に描かれているような端整な顔立ちだ。テレビなどで見かける人気俳優の平均値よりもいくぶん男らしい顔立ちで、誰が見てもイケメンとしか言いようがない。……たぶん足だって速いだろう。これで入試成績一位の新入生代表だというのだから、神様なんてものはあまりにも不公平だ。神はひとりの人間に一物も二物も平気で与える。代わりに僕には何も与えてはくれなかった。むしろ何もないことで笑いの対象とするために存在させているのかもしれない。神様なんてその程度の悪趣味な存在なのだろう。

黒崎大我《くろさきたいが》。新入生代表はそう名乗った。リア充のなかのリア充、キングオブリア充にふさわしい堂々とした名前だ。あまりの悔しさに彼には新しい名前を与えることにしよう。リア充のなかのリア充、キングオブリア充なので〝リア王〟としよう。その名はかのシェイクスピアの四大悲劇の一つ、『リア王』から与えられたものだ。偉大なるその王は周りの皆から見捨てられ、悲劇的な死を遂げる。僕は黒崎大我にそんな一縷《いちる》の願いを込め、名誉ある〝リア王〟の名を与えた。


入学式が終わり、皆が教室に案内される中、僕は一人職員室に呼ばれた。言うまでも無く僕が入学式早々の、たった一人の遅刻者だったからだ。

僕のクラスの担任だという原田良照《はらだよしてる》という男は、人生のすべてを悟った人間かのように偉そうな口ぶりで僕に向かって説教を垂れる。お前は人生のすべてを悟るほどの人間でもないだろうと思いもしたが、当然口には出さない。見れば実年齢こそ三十代前半といった頃だが、その不毛なる砂漠のような頭頂部が年齢の不詳さをかもしだしている。彼は若いなりにその頭皮について思い悩みもしただろう。僕は若くして頭皮の悩みを抱える彼に〝テルテル〟の名前を与えてやることを決めた。

熱く説教を垂れる彼に対し、それをあえて無視する僕は目の前の『若きテルテルの悩み』について想像を膨らませながらやり過ごした。

一年A組、普通科　特別進学コースの教室は校内で一番玄関寄りの新校舎にある。説教のせいで一人少し遅れて教室にたどり着いた時にはすでにいくつかの〝輪〟が出来上がっているように感じた。ざわめく教室の中、それぞれに見た目だけでそれなりに見当のつきそうな系統別に分かれ、それぞれに雑談を始めている。

黒板には座席と名前が書かれていた。とにかく僕の席はその黒板の席次表によると教室の一番左側の後ろから二番目、特別でも何でもないその場所が他でもない僕のために用意されていて、何を考えるでもなくその席に座り、机の上に荷物を置いた。

教室の中を見回すとそこいらで初めて顔を合わせる者同士がそれぞれの新しい仲間を求めて言葉を交わしている。

少ししてチャイムが鳴り、ほぼ時を同じくして担任のテルテルこと原田がやってくると、教室のみんなはおとなしく自分の席に戻っていった。お約束の挨拶やら聞き飽きた注意事項やら心がけやらを偉そうに語るうすらハゲの言葉など聞くだけ時間の無駄で、僕は教室全体を眺めていた。

それというのも僕の心の片隅にちょっとした希望があったのだ。こんなことを言うと笑われてしまうかもしれないが、僕が今朝出会ったあの〝太陽の少女〟のことだ。もしかしたら同じクラスの生徒で「あっ、さっきは！」というような運命の出会いができるかもしれないと思っていたりなどするのだ。漫画などではあまりにもよくある光景にもかかわらず実際にはまずありえない。

そして僕の人生においてもやはりそんなことはありえなかった。

しかし、転んでもただでは起きないのが僕だ。教室の一番右の列の最後尾に天使を見つけた。透き通るような色白の肌で、まるでシャム猫のような気品に満ちた、はっきりとした顔立ちで、少し厚めの唇はつやつやと輝きを放ち……。なのだが髪は明らかに地毛では通用しない明るい染髪でやわらかそうな長い髪。日本人には珍しく青みを帯びた瞳は神秘的でさえあり、スカート丈は驚くほどに短い。

まあ、一言で言ってしまうとビッチっぽい。入学早々に一年生がこれほどまでに堂々とした恰好《かっこう》でいるとはいい度胸だ。もともとこの学園は進学校ではなく、芸術や文化教育に力を入れていて美術科や調理科、音楽科などを有しており、まあどちらかというと偏差値は低めの生徒が多い。そんな学園内において特進コースはただそれだけで異質な存在であり、ルサンチマンの対象であるにもかかわらず、入学早々『調子に乗っている』とも受け取られそうなその恰好は孤立を招きかねない軽率な判断だともいえるだろう。

しかしながら、それくらいどうってことないほどどストライクだった。その真っ白な肌はまるで新品の消しゴムを連想させる。まあ、どうでもいいことなのだが僕は新品の消しゴムというものに対して一方ならぬ嗜好《しこう》がある。まずその角ばった形だ。光に透かすと透き通るほどに白くシャープな角はそれでいて触ると意外なほどに優しい。そう、新品の消しゴムの角はツンデレなのだ。新品の消しゴムの良さはそれだけにとどまらない。消しゴムについているカバーを外してみよう。その内側は少しだけパウダーっ気があり、触るとものすごくスベスベしている。僕は時々勉強に行き詰まると消しゴムのキャップを外して中のスベスベを堪能しながら精神を集中させる癖がある。

僕は妄想の中で彼女のキャップを外してその中のスベスベを堪能してみた。

僕は黒板に書かれている席次表を見ながら彼女の名前が笹葉更紗《ささばさらさ》という名前だと確認し、それと同時に〝消しゴム天使〟という名を与えた。はじめに思い浮かんだのは〝ゴムビッチ〟だったが、それではあまりにも下世話な印象なので美人に免じて〝消しゴム天使〟を採用することにした。

つい、見とれてしまったのかもしれない。どれくらいの間彼女を見ていたのかはわからないが、やがて僕の視線に気づいたであろう彼女は僕の方を見つめかえして二人の視線はぶつかった。

まるで一瞬の間に恋するというのはこういうことなのかもしれないというほどに胸が高鳴った。もしかすると僕はここで彼女と出会うことを運命づけられていたんじゃないかと思う。さらに消しゴム天使は首を少しかしげ、僕に向かって微笑んでくれた。その表情は意外にこわばっていた。少しぎこちなさを含んではいるが、決して悪意はない、たしかな親しみを感じる笑顔を必死で作ろうとしていた。

急いで僕も何かしらの合図を送り返そうとした。その時僕の後ろの席、つまりは窓際の一番後ろの席で何かの気配を感じた。その気配の主はそんな彼女に手を振っていた。僕はそっとそいつの顔を見てやった。黒板の席次表なんか見る必要もない。僕はこいつの名前を知っている。

こいつの名前は確か黒崎大我、僕がさっきリア王の名前を与えた奴《やつ》だ。そしてすぐに現実を理解した。よくよく考えてみればあんな美人の消しゴム天使が僕になんか微笑みかけてくるはずがないのだ。彼女がその微笑みでアピールしたい存在とは超の上に超がもう三つくらいつきそうな美男子でしかも入試成績トップのキングオブリア充ことリア王、黒崎大我をおいて他にいるはずもなかった。

僕は恋に落ちて三秒で失恋を経験し、その腹いせに横目でリア王こと、黒崎大我を睨《にら》んでしまったかもしれない。そんな僕の目線に気づいたリア王は屈託のない笑顔で僕にさえ微笑《ほほえ》みかけてくれた。この腐りきったねじくれた性格を持った僕に優しく微笑みかけてくれたのだった。もし、この僕が女に生まれていたならトキめいてしまったかもしれない。

全てを持って生まれてしまった人間は他人にルサンチマンを感じることはない。だから僕の目線の奥に潜む悪意を感じ取ることもできず、ただ優しく微笑み返してしまったのだ。

ホームルームが終わり、その日の学校行事はそれだけで終わりだった。遅刻した僕にとっては一体何のために学校に来たのかもわからないような一日であった。僕は荷物をまとめ帰る準備をしようとした。

そんな僕の背中をトントンとたたいてくる。考えるまでも無く僕の後ろに座っているリア王だろう。座ったまま上半身をひねって振り返った僕に優しく微笑みかけながら（僕は王子様スマイルと呼ぶことにした）繊細で美しく、それでいてそれなりにたくましい手を差し伸べてきた。

「俺は黒崎大我。これからよろしくな」

ただ、それだけ。ただそれだけの当たり前の挨拶だったが、王子様スマイルのせいかその伸ばされた掌《てのひら》がまるで地獄にいるカンダタの前に差し出された蜘蛛《くも》の糸のように感じた。ドン底の気分で二周も三周もねじくれた性格の僕を極楽浄土へと導いてくれるかもしれない蜘蛛の糸。

午前中にして家に到着し着慣れないブレザーを脱ぎ、結びなれないネクタイをほどいてリラックスすると、ベットの上に横になって読みかけの文庫本を開いて読書を開始する。

僕の趣味は読書だ。ある理由があって一年くらい前から本を読むようになった。初めのうちは読み始めるとすぐに眠くなっていたが、いつの間にか平気で何時間も読み続けられるようになっていた。

一時間ほどで読みかけだったスタンダールの『赤と黒』を読み終わると本棚に並べ直す。本棚はすでにパンパンで本を差すためには一度邪魔になっている端のノートを引き抜かねばならなかった。すぐに別の場所にそのノートを移動させようと思ったが思い直して引っ張り出し、ノートを開いてみた。そのノートには僕が一年ほど前に読書の趣味を持ち始めた時からの読書感想文が書かれている。決して課題として学校に提出するとかそういったために書いているものではない。その当時知り合った友人の勧めで思ったことを何でもいいから書くようにしたのだ。もちろんページ数や文法も特に気にする必要はないし誰かに見せるためにウケを狙う必要もない。おかげで書いている内容は実にいい加減なものである。

最初のページを開いてそこに書かれている一年前の感想文を読んでみる。

『蜘蛛の糸』（芥川龍之介著）を読んで

お釈迦様《しゃかさま》は残酷である。そもそも蜘蛛を助けたからと言ってそれで人を殺したり家に火をつけたりする大泥棒の罪がチャラになるわけがない。そもそも蜘蛛を助けただけではなくただ殺さずに見逃してやっただけに過ぎない。別に善《よ》い行いをしたわけでもなく、悪い行いをしなかっただけに過ぎない。そんなことで極楽浄土へ行けるというのなら地獄なんてはじめから誰も行く必要が無い。

だったらなぜお釈迦様は蜘蛛の糸を垂らしたのか？　その答えは簡単だ。

カンダタのごとき悪人はどうせ蜘蛛の糸を独り占めするような行動をとるということが初めから予測されていたのだ。その上でお釈迦様はカンダタに糸を登らせてわずかな期待を持たせ、そのうえでまっさかさまに落としてやろうという魂胆だったに違いない。

芥川は悪人などというものはそうしてお釈迦様の暇つぶしにもてあそばれるようなただ

の見世物としての生活を受け入れなければならない因果応報を語りたかったのだ。

それにあの話、一体正解はなんだったというのだろう？

細い糸にしがみついているカンダタを追って登ってくる罪人の群れ。どうすればうまく昇りきることができただろうか。細い糸は今にも切れそうであったに違いない。「さあ、みんなで一緒に登ろう！」なんてのはばかげている。「糸は細いからみんな順番に一人ずつ登ろうよ！」なんて優等生なセリフも無意味だ。何せここは地獄で周りは罪人である。そう簡単に秩序を守るわけがない。つまり初めから出口なんて用意されてなどいなかったのだろう。本来地獄とはそういったものだ。しかしまあ、僕だってそれほど悪人というわけでもない。まあ死ぬまでに十匹は蜘蛛を殺さず見逃してやろうと思う。


まったく。中学生時代に書いたものとはいえ、ひどい内容だ。このひねくれた性格は何も最近に起きた不幸な出来事の連続で生まれたものではないという証拠だ。

一年前から僕はすでにひねくれた性格だったことを思い出した。

だが、一年前にこんなひねくれまくった僕の読書感想文を肯定してくれた人があった。

その人はこう言った。

『面白いわ。こういう考え方もあるのね。読書の感想や解釈にはこれが正解なんてものはないの。その人が読んで感じたことがすべて正解なの。そして読むたび、また違った感想や解釈ができるようになっていくわ。それは読書をする時の心的状況もあるでしょうし、年齢に伴う考え方の変化もあると思うわ。だから読んだことのある本でも何年か置きには読み返してみて。そうすればまた違った感想が持てるかもしれない。その時のためになるべく今の感想を書き留《と》めておいて未来の自分がどう変化したのかを考えてみるのもいいかもしれないわ』

その人はただひねくれただけの少年を肯定してくれた。そのことに気をよくしてしまったのかもしれない。それからというもの僕はひねくれることを恐れなくなってしまったような気がする。

ひねくれてばかりだった入学式の日から三か月の月日が経《た》ち、すっかりと姿を青々しく変化させた桜の並木道を坂の上の旧校舎から眺めながら、あの桜の木ほどではないにしろ自分もずいぶん変わったなと思い返す。それというのもきっと……

本格的な暑さが日本列島を横断し始めた今日この頃。山の斜面に建てられた芸文館高校の敷地内でも最も高い場所にある旧校舎はささやかな避暑地だと思っていたのだが、いかんせんこの古い建物にエアコンが設置されていない現実は、インドアな部活動の生徒さえも室外へと送り出す力を秘めていた。

小高い丘に建つこの旧校舎では、蒸し風呂状態の室内よりも、旧校舎前の縁側の方が風がそよぎ、いくぶん涼しさを感じられる。

「そうやっていつも部屋の中にいるよりも、たまには外に出た方がいいよ。天気良いんだし」

そんなことをつぶやく我が部の居候、宗像さんの言葉を受けて、部室の椅子を屋外へと持ち出した僕は丘の上に立つ旧校舎の縁側に居を構え、そこで読書に耽《ふけ》っていた。

そんな僕の隣では、同じように椅子を持ち出した宗像さんが椅子の上に体育座りをするというはしたない、あるいは見る角度によると少しばかりエロい体勢で少女漫画を読んでいる。

終始二人は無言で、それぞれの物語に浸っていたのだが、不意に宗像さんは僕の目の前に手のひらを上に向けて差し出し、

「あめ……」

とつぶやいた。

僕はすかさず、足元に置いていた数冊の文庫本を入れて持ち歩いているポーチのサイドのポケットからロリポップキャンディーをひとつ取り出し、彼女の手のひらに載せた。

「なにこれ？」

とつぶやく宗像さん。

「だから、あめ……」

躊躇《ちゅうちょ》なくそう答える僕は決してつまらないダジャレを言っていたつもりではなかった。

「いや、そういうことじゃなくってさ、クモの糸の方……」

「クモの糸の方？」

彼女が言うには、空から降ってくる雨は、〝雲から垂れ下がる糸〟らしい。すでに高校生である彼女は、その時まで芥川龍之介の『蜘蛛の糸』のことを雲から垂れ下がる糸、すなわち雨を摑《つか》んで登っていく話だと思い込んでいたそうだ。

まったく。僕の〝雨と飴《あめ》〟の勘違いも大概だけれど、宗像さんの〝雲と蜘蛛〟の勘違いも大概バカバカしいと大笑いをした。

大笑いをして、本格的に降り出した夕立に慌てて椅子を担いで旧校舎内に駆け込む僕たちふたりはまだ笑っていた。

薄暗い教室に移動して、読んでいた漫画を置いた宗像さんはしばらく窓の外を眺め、ぽつりとつぶやいた。

「雨、やみそうにないね。ねえ、せっかくだからどこか出かけようよ」

なにが、せっかくなのかわからない。

「あ、そうだ。ユウの通ってた中学校に行こうよ」

「なんで？」

「ほら、この間のおっさん先生？　あの先生に会いに！」

――なんで？　そんな言葉を口から出しかけたが、やはり口に出すことは憚《はばか》られた。つい先ほどまで宗像さんが読んでいた漫画は女子高生と学校の先生が恋をするという物語だったからだ。少女漫画にはやたらとこの設定が多い。よもや美少女女子高生の宗像さんが、冴《さ》えないおっさんのことを、なんて考えたくもないが、ならばなおさら理由を聞くこともできず、僕は素直に宗像さんを出身中学校まで連れて行くことにした。

降り出した雨は通り雨で、数分もすると何事もなかったように晴れ渡った。

二駅ほどを電車で移動して到着した放課後の中学校。僕たちは職員室ではなくまっすぐ理科準備室へと向かう。職員室嫌いのおっさんはいつも理科準備室に閉じこもり、部屋を趣味の写真現像のための暗室に勝手に改造していた。

相変わらず汚い部屋だ。わずか四畳ほどの狭い準備室は散らかり放題で机の上のわずかなスペースを除いて、どこに何があるかわからないほどにものが散乱している。

「やあ、ひさしぶり」

「なんだ竹久《たけひさ》か……何の用だ？」

「自分の出身校に来るのに、理由なんて必要かな？」

「なんだ、いい年してわびしい俺に恋人でも見せつけに来たのか？」

「恋人？　ああ、宗像さんはそんなじゃないよ」

言いながら、本来ここに来たいと言い出したとなりの宗像さんに視線を送る。いつも堂々とした彼女らしからず、きょろきょろと視線を泳がせ、うろたえている様子だった。

僕は部屋の隅のパイプ椅子をふたつ持ってきて宗像さんと並んで腰かけた。

気を利かせた僕はその場の空気を自然なものにするため、思い付きで話を振った。

「いやね、この間おっさんが太宰《だざい》の死の真相を究明したのを聞いてね、ちょっと相談したいことがあって来たんだ」

「なんだよ」

「今日は、芥川龍之介について……」

宗像さんが急におっさんに会いに行きたいだなんて言い出してから、ここに来るまでの間に必死で探しておいた話のネタだ。

「ああ……あれな。ありゃあ……脳腫瘍だ」

「脳腫瘍？」

話の本題に入る前に唐突に放たれたその回答に、思わずうわずった声で復唱した。

「芥川龍之介の死因だよ。ドッペルゲンガーって知ってるか？」

――ドッペルゲンガー。もちろんそのくらいのことは知っている。

自分とそっくりの人間がある日突然現れて、出遭った本人はその数日後に死んでしまうという西洋の都市伝説。芥川龍之介も晩年に書いた『歯車』という話の中でドッペルゲンガーの影に追われるというものがある。これにより芥川自身ドッペルゲンガーを見たのではないかという噂《うわさ》もある。

「まさかその都市伝説上の存在に襲われて死んだとでも？　理科の教師のセリフじゃあないな」

「いや、だから死因は脳腫瘍だと言ってるだろうが。いいか、ドッペルゲンガーというやつは医学的に言うならば自己像幻視というやつで、こいつは側頭葉と頭頂葉の境界に脳腫瘍ができることで発症することがある。つまり、ドッペルゲンガーを見るということ自体、いつ死んでもおかしくないような危険な状態にあると言ってもいいわけで、これがドッペルゲンガーと呼ばれる都市伝説の正体だ」

得意げに自説を語る教師を前に、こんなことを言うのもなんなのだけど、それでも僕はちゃんと真実を話しておかなくてはならないなと思った。

「悪いけど……。芥川の死因は服毒自殺ですからね」

「……」

「知らなかった？　たぶん、ドッペルゲンガーがどうとかという話よりもずっと有名な話……」

「ま、まあでもあれだ。たとえば脳腫瘍が原因で小説が書けなくなったりだとか、いろいろ精神が錯乱状態になったのだとも考えられるだろう？　それで服毒自殺に至ったということだって十分に……」

「まったく。負けず嫌いにもほどがある。でもまあ、そもそも僕が話そうとしていたことはそんなことじゃないんだけどね」

「……ん？　そうなのか？　さっき芥川がどうとか……」

「芥川の名前を出しただけで暴走を始めたのはおっさんだ。

さて、ここからが本題なんだけど……。ずばりおっさんは『藪《やぶ》の中』の真犯人は誰だと思う？」

『藪の中』は芥川龍之介の傑作小説の一つだ。

藪の中に見つかった侍の死体、その容疑者は三人現れる。その三人すべてが自分が犯人だと主張し、その状況を語るが、当然三人の言い分は食い違っていて真相は迷宮入りする。

「真相は藪の中」といった表現はこの小説のタイトルに由来する。

僕はその物語についての簡単な状況を、その小説を全く知らない宗像さんに解説するため、状況を復習するために、簡単にあらましをまとめた。

死体の第一発見者、木こりの証言と状況

朝、いつもの通り杉の木を切りに裏山に入り、山影の藪の中で死体を発見した。烏帽子《えぼし》をかぶった侍の死体があおむけになって倒れており、胸元には刀を一突きされた跡があり、傷口は既に乾いていた。周りの竹の落葉は血で赤紫に染まっており、凶器らしき刀などはあたりには落ちていなかったが、一筋の縄と櫛《くし》とが落ちていた。あたりは一面踏み荒らされた跡がある。馬が入ってこられるような場所ではない。

また、旅法師の証言では侍は妻と二人で馬に乗り関山のほうに歩いていったとある。妻はとても勝ち気な性格で、事件後その姿を消している。

容疑者1　盗賊の多襄丸《たじょうまる》について。

札付きの盗賊で事件発生後まもなく別件にて逮捕された際、侍の持ち物である弓矢や馬などを所持していたが、肝心の凶器と思われる太刀は所有していなかった。

多襄丸の供述では自分が侍を殺したという。妻の行方については知らないという。

多襄丸は侍夫婦と出会い、山の中に宝を埋めてあるから安く売ってやると話を持ち出し、ふたりを山へと連れ込んだ。妻は馬の入れない藪の入り口で待機し、藪の中で二人になった時侍の不意を衝《つ》いて組み伏せ、木の根元に縄でくくりつけた。

妻を侍が急病だと言って呼び出し、侍が縄でくくられているのを見せる。すると妻は小刀を抜いて多襄丸に切りかかったが、名うての盗賊にかなうわけもなく、侍の目の前で多襄丸は女を手に入れた。

ふたりを置いて立ち去ろうとした多襄丸に妻がすがりつき、二人の男に恥を見せたとあっては生きてはいられないと、どちらか一人の男に死んでほしいと懇願する。生き残った男と連れ添いたいとも。

多襄丸は侍の縄を解き、侍と一対一の決闘をして激戦の末侍を討ち果たしたが、すでに妻の姿はなく太刀や弓矢を奪って去った。都に入る前に太刀は処分した。

容疑者2　妻の供述について。

後に見つかった妻の証言は一部食い違いがある。盗賊は侍の前で妻をてごめにし、妻はどちらかに死んでくれとまでは言ったが、呆《あき》れた盗賊は太刀と弓矢を奪ってその場を立ち去る。妻は小刀で侍の胸を突いて殺して縄をほどき、自分も後を追おうとしたが死ぬに死にきれなかった。

容疑者3　死霊となった侍の供述について。

なんと、降霊術を使って死んだ侍から直接事情を聴く。なんだ、それできるんなら今までの話はなんだったんだということは言ってはいけない。

妻をてごめにした盗賊は夫を捨てて自分と一緒になれと妻に迫るが、妻はそれならば夫を殺してくれという。そうしないと安心してあなたとは一緒になれない。その言葉にあきれた盗賊は妻を蹴り倒し、侍に問う。そんなことを言う妻を殺してやってもいいがどうするか？

侍が答えるまでもなく、妻はその場を逃げ出した。憐《あわ》れんだ盗賊は侍の縄を解き、太刀と弓矢を奪って立ち去る。ひとり残された侍は足元の小刀で胸を突いて自害する。

「さて、この事件。理科の教師の視点でどう考えるだろう」

「ふうむ、そうだね」と腕組みをしてから眼鏡をかけ直すおっさん。数秒もたたないうちに一つの問題点から指摘する。

「まず、盗賊の供述だが、激しい激闘の末侍を倒した。これはおそらくウソの供述だと考えていいだろう。

木こりの証言にもあるように侍は胸に一太刀受けて死んでいたはずだが、まあ、人間というものはそう簡単に死んだりはしない。しかも一太刀となればおそらく心臓を破壊、死因はこれしかないだろう。しかし、証言によると落ち葉は血にまみれていたとあるが、あたりの木々に血しぶきが散っていたというような記述はない。おそらくこれは心臓を突いた太刀がしばらく刺さったままだったと考えていい。心臓を貫いた太刀をすぐに抜けば傷口から大量の血しぶきが散ってしかるべきだ。

しかしどうだろう？　心臓を突いたからとはいえ、侍はその場にすぐに倒れて死ぬわけではない。尚《なお》も武器を持って立ち向かってくるはずだ。次の攻撃に備えなければならない盗賊はその体から太刀を抜き、とどめを刺す。あるいは防御の構えを取らなければならない。つまりこの事件、侍は無抵抗の状態で刺殺されたということになる」

「なるほど。確かに理科の教師らしい見解だ。僕もおおよその意見には賛成だ。僕の考えでは真相はどうあれ、盗賊は別件で逮捕されていて余罪も多く、おそらく当時の裁判において極刑は免れないだろう。だとすれば、せめて男のプライドだとか、そんなものを誇示したくて侍と一対一で切りあって勝利した。なんてエピソードを言いたかったんじゃないだろうか」

「よし、じゃあ次だ。妻による刺殺説。これなんだが、まったく男からすればゾッとする話だ。自分の妻が生き残った方と添い遂げるからどちらか片方は死んでくれという話なんだが、まあ、科学的に言えばメスはより強いオスと子孫を残そうとする本能があるわけで、この発言には無理がない」

「ちょっとまって！　別に全てのメスがそう思ってるわけじゃないからね」

「わかってるよ、宗像さん。力が無くても金があればそれは問題ない。理性を働かせればそういうのもアリだろうけれど、本能的には、という意味での話だよ」

「さて、話を戻そうか」

と、生物学的に決して強くはないオスふたりの会話に戻る。

「あと、妻は樹《き》に括《くく》られた侍の胸を突いて、その後に縄を解いたとあるが、普通、縄で樹に括りつけるのならば心臓のある胸のあたりじゃないだろうか。もし、もっと下の方であるならば上半身の動きに余裕があるので胸を突かれるにしてもかなり抵抗する余地がある。かといって心臓よりも上を縛れば、これは間違いなく簡単に縄から抜けることができるだろう。それに落ち葉同様、縄も血に染まってしまうだろうが、どうやらそういった記述もないようだ。つまり、妻が殺したというのにもやはり無理があるような気もする。一度はその場を逃げ出した妻であったが、自分のしたことで罪の意識にさいなまれ、自分が殺したと供述することで自分自身に罰を与えようとしたのではないだろうか。

そして、消去法に従って侍の自殺説。ためらい傷といったものがないというのは自殺であるという証拠にならない。しかし、侍が意を決して自分の胸を突いたというのならばそれにはあまり無理はない。よって、科学的な見解では侍は自殺した。といったところかな」

「おいおい、ちょっとまってよ。なにが科学的にだよ。降霊術の証言に科学的根拠なんてなにもない」

「まあ、そうは言うけれどどのみち消去法で自殺ってことにはなるんだからさ。それとも何か？　竹久には別の推理があるとでも？」

「うーん、まあ、これはさっきおっさんの話を聞いていて思ったんだけど、侍が自害したのならばなんでそこに凶器の小刀はなかったんだろう？　侍の証言にあるように、後になって誰かが抜いて持ち去らなければならない。罪の意識にさいなまれた妻か、あるいは物取りの盗賊の仕業か、木こりがとったなんていうのも考えられるかもしれないが、どうもすべて釈然としない答えだ。

そこで、僕は想像してみた。この物語のもう少し続きを……

盗賊は侍にこんなことを言い出す妻を殺してやろうかと持ち出し妻は逃げる。妻に見捨てられた侍は打ちひしがれ、哀れに思った盗賊は縄を解く。みじめなあまり、盗賊に自分を殺してくれと頼む侍。

ほんのわずかの間ではあるが同じ女性を愛した男同士、わかりあえるなにかがあったのかもしれない。盗賊は侍の太刀で胸を突き、その場で念仏を唱えてやった。時間が経《た》ってから抜かれた太刀からは血しぶきが上がることもなく、盗賊は立ち去る。

後に逮捕された盗賊は検非違使《けびいし》の質問に対し、哀れな侍の事実を伏せ、男らしく戦って死んだという嘘《うそ》をでっち上げた。

つまりさ、これは邪知奸佞《じゃちかんねい》な物語なんかではなく、恋のライバルと、男同士の友情の物語。そんな気がするんだよ」

またしても、そんなくだらない僕の妄想でこの物語は締めくくられる。さて、『藪の中』

に隠された真相についてはいくら議論したところで尽きることはあるまい。まさにわからないことがあった方がこの世はおもしろいのだ。

会話に夢中になる弱いオスふたりの脇で誰もが愛してやまないほどの美少女は企《たくら》みを遂行し終わったようだ。

「また来るよ」

それだけ言い残して僕たちは出身中学校を後にする。

帰り道。強がる僕はあえて気にしないようにしているつもりだったが、どうにも無理のようだった。

弱いオスふたりが会話に夢中になっている最中、僕は彼女が散らかった机の書類の間に、そっと一通の便箋を忍ばせたことに気づいた。とても可愛《かわい》らしい、ピンク色で白いレースのついた便箋だ。

「なあ、宗像さん。さっきの手紙……」

「あ、ラブレター……。気づいてた？」

『ラブレター』という言葉を彼女は臆する様子もなく使った。

「まったく。あんなおっさんのどこがいいの？」

「どこっていうかさ……。あ、もしかして妬《や》いちゃってる？」

「べ、別に妬いてなんかないよ」

「あ、それツンデレさんな定番セリフ！」

「まあ、ともかくこれで借りの一つは返したことになる」

「まあ、それは仕方ないかな。でもたぶんまだ結構残ってると思うし」

「生きているうちに返せる程度ならいいけど」

「あ、じゃあさ。もう一つだけ返してもらっていいかな」

「な、なに？」

「えっとねえ……」彼女は目を狐《きつね》のように細めて笑顔をつくり（僕はしっ！　とアテレコする）、「今度からアタシのこと、下の名前の〝瀬奈《せな》〟って呼んで。アタシたちもう友達なんだし、そういつまでもさん付けで呼ばれるのってしっくりこないかなって」

「そ、そんなことでいいなら」

「じゃあ決まりね。これからはアタシのこと〝瀬奈〟って気軽に呼ぶこと！」

「あ、ああ。わかったよ……」

——瀬奈。と僕は彼女に聞こえないようにつぶやいてみる。やはり少しハードルが高いようだが、借りは少しでも返した方がいい。

思えばカンダタは地獄にいた時に一本の蜘蛛《くも》の糸を見て、これを伝っていけば極楽浄土に行けると考えたわけだ。しかしながら地獄に蜘蛛の糸とは何ともあたりまえの存在ではないだろうか。蜘蛛の巣や蜘蛛の糸なんてどちらかといえば天国より地獄の方がイメージに合う。にもかかわらずその糸を自分が生前助けた（実際は助けたというより殺さなかっただけ）蜘蛛の糸で、それを伝っていけば極楽浄土にたどり着けると考えるのはあまりにもバカで楽観的な考え方だろう。

つまりはあの話。物事を常に前向きに考えてさえいれば、どんな些細《ささい》な出来事さえもチャンスだととらえ、目の前にぶら下がる好機をつかむことができるということが言いたかったんではないだろうか。

カンダタはやはり欲深い男で好機をものにはできなかったが、カンダタに負けないくらいのバカで楽観的な男が屈託のない善意を持って過ごすことができたなら、やはり好機をつかむことができるんじゃないのか。

そしてその実例があのリア王だとは言えないだろうか……

『はつ恋』（ツルゲーネフ著）を読んで　竹久優真

ツルゲーネフは静かで深い憂愁を感じさせる十九世紀のロシアの作家で、『はつ恋』はその作品の中でも最も代表的な作品。

十六歳のウラジーミルが夏に過ごした別荘の隣に住むジナイーダに恋をする。

ある日ウラジーミルは想《おも》いを寄せるジナイーダが恋をしている相手に気づく。その相手はウラジーミルが嫌悪するも尊敬せずにはいられない相手だった。自分の知らない世界の愛をささやきあう二人に対して、決してかなうことのない想いを抱きながら過ごす。

そう、はつ恋とはいつの時代も儚《はかな》く切ないものだ。

あえて言うならば儚く切ないものでなければならない。儚く切ないものでなければ意味がない。儚く切ないものでなければ人生において一つ、大きな損をしているといっても過言ではない。

――なんて、単なる負け惜しみかもしれないな。

　さて、実際の生活の中ではミステリ小説のような殺人事件が起きることなどめったにありえないし、そんなもの無い方がいいに決まっている。そして解き明かせないような謎もなければ探偵だって必要ないのだ。

　思春期真っ只中《まただなか》の僕たちにとって最大の解き明かしたい謎というものは、果たして誰が誰のことを好きなのか、ということぐらいなのではないだろうか。

　このツルゲーネフの『はつ恋』においても、ヒロインであるジナイーダが果たして誰に想いを寄せているのかということが一番の見どころではないだろうか。

　僕にとってのはつ恋とはいったいどれのことだろう。中一の時にいつも憎まれ口ばかりをたたいていた隣の席のあの子だろうか……。それとも小五の時に急な転校でいなくなってしまう前日に僕の頰《ほお》にお別れのキスをしてくれたあの子だろうか……。いや、それとも小三の時、渡り廊下で起きた風のいたずらによって僕に水玉模様のパンツをさらしてくれたあの子かもしれない。いやいや、考えようによっては保育園に通っていた時にいつも一緒にままごとをしていたあの子かもしれない。あの時二人はいつも夫婦役で将来は本当に結婚しようなんて言っていた。

ただ、はっきり恋をした。と、確信できるのはあの時だろう。

中学三年になったばかりの図書室で……


僕は高校の入学式に遅刻した。まさにしくじり青春のスタートであった。

だが、今更終わったことをとやかく言う意味などない。

二度と同じ轍《てつ》は踏むまい、とありったけの目覚ましをセットして眠りについた。

もうその気持ちだけで十分すぎるほどだったのであろう。どれか一つの目覚ましが鳴るのを待つまでも無く目が覚めた。目が覚めたからにはもう眠るわけにはいかない。過去の経験よりこういった場合、もう一度眠りについて、次に起きると遅刻というのがお約束だ。

しかしながらもただ出発の時間を待つためだけに起きて待つというのも苦痛である。暇をもてあますことに飽きた僕はひとまず家を出発することにした。とりあえず学校に着いてから寝よう。そうすれば遅刻はありえないはずだ。

駅に到着するなり身の毛がよだつ。まさか田舎の電車がこんなに混んでいることがあろうなんて考えたこともなかった。本来乗る予定だった電車よりも一時間も早い電車。たしかにこの電車に乗ればサラリーマンたちが市街地にあるオフィスにたどり着くには十分だろう。

僕の通う芸文館《げいぶんかん》高校は自宅から市街地に向かう中間に位置する。故にこんな混みあう電車に乗る必要などはない。よってここは電車を一本やり過ごすためにどこかで時間でもつぶそうかとあたりを見回した。（田舎ともなればたとえ通勤時間だといっても次から次に電車が来るわけではない）

しかし、目についたのは洗練されたかのような真っ白な制服。いかにも私こそがエリート校の生徒ですよと主張するかのようにひときわ目立つ制服の生徒が数人、駅舎へと入っていくのが見える。もしかすると、の期待を胸に僕はホームに駆け上がった。

そしてホームの先端の方、蟻《あり》の行列の中からその姿をはっきりとらえられるのは何もその真っ白な制服が目立つからという理由だけではないはずだ。

黒髪の文学乙女。彼女を形容するにぴったりの言葉だ。肩にかかるか、かからないかくらいのところできっちりと切りそろえられたきれいな黒髪はしなやかでつやがあり、前髪はその無表情すぎるほどにつねにかたく結ばれた真一文字の唇とともに見事な平行線を描いている。この点だけをとっても、今から思えば二人がこの先も決して結ばれることのない関係性だと象徴しているようだ。

そして不健康なほどに白い肌に大きく黒目がちな瞳は知性を感じさせるメタルフレームの眼鏡のせいか、一層大きく見える。長いまつ毛といつもキラキラと潤っている二つの水晶球がどことなく視点を定められていないのは、視力が極端に悪いからだろうが、その視線に見つめられると、相手の視線は僕の眼球より少し奥の方でぶつかる。それがまた心の奥まで見透かされるような魔力を秘めているようで、どことなく妖艶ささえ感じる。

視力が悪い人にはありがちなのだが、おそらく本人はそれほどにはっきり見えてないからなのか、恐ろしくまっすぐ見つめてくる。無駄に視力の良すぎる僕にとってはそんな美しすぎる瞳を見返すことなど耐えがたく、つい、目が右へ左へと泳いでしまう。

「ああ、おはよう。優真《ゆうま》くん」

やや言葉のイントネーションを欠いたか細い声で話しかけてくる。手は肘から上だけを上品に振り、それに合わせて鞄《かばん》についた鼻ひげを生やした猫のマスコットが揺れる。

「ああ、おはよう」

本当は息切れ寸前、しかも心臓が恐ろしく早く脈打っているのはホームまで駆け上がったからではない。こうして言葉を交わすのは一体いつ以来だろう。はるか遠く昔のことのように思えるし、つい、昨日のことだったようにも感じる。

事実。まあ、三週間ぶりといったところだろうか……。それは中学の卒業式の日。

その日まで僕たちは多くの時間を二人で過ごしていた。僕が高校の受験に失敗し、二人が別々の高校に進学すると決まり、もうあまり会えなくなることを悟った僕は、卒業式の日にその秘めたる想いを伝えることにした。

勝算はあった……

――しかし完敗であった。

もう過ぎたことだ。気にしてはいない……

しかし、この胸の早鐘がそれを単なる強がりだと伝えている。

若宮雅《わかみやみやび》。たしかに彼女は未《いま》だ僕の心の真ん中深くに根を下ろしていた。

若宮さんはそんな僕の心を知ってか知らずか、まるで悪意のない表情で話しかけてきた。

それがどんなに残酷なことなのか……。彼女は考えもしないのだろう。

「優真くん、たしか芸文館だよね。こんなに早い電車なの？」

少し前に僕が告白したという事実なんてなかったかのように彼女は言葉を弾ませる。

「まあね。何というか僕は勤勉家だから誰よりも早く学校に登校するタイプなんだよ」

――嘘《うそ》だった。単に入学早々二日連続の遅刻をどうしても避けたかっただけだ。

「そんなこと言って、どうせ図書室にでもこもっているんでしょう？」

「当たらずとも遠からずといったところかな。あの学校……芸文館には図書室がないんだよ」

「え、そうなんだ珍しいわね」

「まったく。おかげで教室の隅っこででも読もうかなと思って……」

「それは淋《さび》しいね。優真くん、中学の時はいつも朝から図書室に通い詰めていたもんね」

「………」僕はそれに対しては何も答えない。

正直に言えば毎朝図書室に通っていたのは読書好きだけが理由なわけではない。当時、図書室のヌシと陰でささやかれていた彼女が毎朝のように図書室に通っていたからだった。毎朝のように繰り返される二人きりの時間、今から思えばあまりにも見え透いた、それでいて痛々しいとしか思えない行動だった。だけれど若宮さんはそんなこと気にも留《と》めていなかったようだ。

ともあれ、今でも朝から読書をするという習慣が体に染みついて、それだけが今の僕と彼女とのわずかなつながりだといえる。

間もなく電車が到着してドアが開いた。中にはおしくらまんじゅうと言わんばかりの乗客がひしめいていた。

「これに乗るのか……」

「うん、しかたないよ」

僕が先に乗って振り返り、その空いたスペースに若宮さんが乗る。若宮さんの後ろで閉じたドアに腕を突っ張って踏ん張る。若宮さんが少しでもつぶされないようにとの僕なりの配慮だった。『こうしていると恋人同士にしか見えないかな？』なんて今更考えてみる。フラれたくせに……

電車が動き出し、慣性の法則で生じる人の雪崩を背中に受けると、もう、僕たちは会話どころではなくなった。僕たちは黙ったまま見つめ合う形になった。ドキドキしているのはたぶん僕だけ。

カーブにさしかかるとまた背中に雪崩を受けた。突っ張った腕がつぶされそうになるのを必死に耐えるのは僕が若宮さんのナイトだからだ。

でも……、もし、押しつぶされたとして……。そしたらきっと僕は向かい合った若宮さんに激突してしまうだろう……。そしたら、もしかしてその時に若宮さんにキスしてしまうかもしれない……。きっとそれは不可抗力というもので誰かに責められるものではないかもしれない……。自分でも呆《あき》れるような妄想で僕は少しばかり気が緩んだ。

次のカーブの時、勢いよく背中に受けた圧力で突っ張っていた僕の腕は肘から折れ曲がった。

不可抗力だ……

前のめりに体勢を崩した僕の顔は若宮さんの顔へ近づいていく。すんでのところ。というべきか、額と額がぶつかり、鼻先と鼻先も触れあった。

唇は触れなかった。きっとそれでよかったのだろう。しかしながら彼女の温かく、湿った吐息を間近に感じるとやはり正気ではいられなくなりそうだ。

若宮さんは目をそらすなりしてくれればよかったのだが、彼女はなぜか黙って静かに目を閉じてしまった。体勢を持ち直して再び距離をとると彼女は目を開いた。さっきの出来事は彼女にとってもだいぶ恥ずかしいことだったらしい。今更になってその白い顔はよく熟れたトマトのような色になった。体勢を立て直した僕は再び腕を突っ張る。その時、肩にかけていた鞄が半分ずり落ち、サイドのポケットに突っこんでいた文庫本が少し飛び出した。いつもなら文庫本一冊、すっぽり収まる薄いポケットなのだが、何分その日入れていた文庫本は薄すぎたのだ。飛び出したとはいえ、表に出てきたのはほんのわずかな部分。白い背表紙と緑色の表紙絵が覗《のぞ》いたくらい。そして文学乙女の習性とでもいうのだろう。その文庫本に視線を釘付《くぎづ》けにした彼女は、「ツルゲーネフ?」とつぶやいた。

——正解だ。その日鞄に突っこんでいたのはツルゲーネフの『はつ恋』だった。

「ああ、もう一回読もうかと思って」

「わたしも好き……」聞きようによっては勘違いさえできそうな、そんな言葉をぽつりとこぼした彼女は続けて、「きっとジナイーダはウラジーミルのなかに想《おも》い人の面影を見つけて、ウラジーミルにも同じように恋をしていたのよね」

「え……」

ああ、そうか、彼女はそちら側で物語を読んだのかと気づいた。考えてみれば初めて聞いた彼女の『はつ恋』に対する感想に、思わずなるほどと思った。

……もちろん主人公は男性のウラジーミルなのだが、女性の若宮さんはヒロインであるジナイーダ側の気持ちと立場から物語を読み解いていたのだと気づかされる。

「ねえ、優真くん。ジナイーダはあの人に出会っていなければ、ウラジーミルに恋をしていたと思う？」

そうは思わない。僕はそうは思わない……けれど――。

「うん、きっとウラジーミルに恋していたんじゃないかな……」

「そう……。やっぱりそう思う？」

「うん」心と裏腹の返事をした。だって……。そう思わないとやってられない。せめてあいつさえ存在しなければきっと僕のことを……

『……わたしはね……。片岡《かたおか》君のことが好きなの……』

思い出したくもないことを思い出してしまった。もしあいつがいなければ……。

〝次は――東西大寺《ひがしさいだいじ》――、東西大寺――……〟

車内アナウンスが鳴り響き、僕が降りなければならない駅に間もなく到着することが知らされた。

「優真くん、次……。降りなきゃいけないね」

「……なんだったらこのまま岡山駅までこうしていようか……。若宮さんが降りてから、Uターンして帰ってきても僕は学校には間に合いそうだし……」

「え、そんな、いいよ。気持ちはうれしいけどそこまでしてもらうほどの理由がないわ……それに、ここから先は少しすくから……」

「うん……。じゃあ……」

そこまでしてあげる理由なら、なくはない。僕は今でも君のことが大好きだから……。君と少しでも長くいたいから……。なんて言葉言えるわけないし……。それに『そこまでしてもらうほどの理由がない』という言葉は『はっきりとあなたとの交際は断りました』という言葉としてもとれる。

僕には「じゃあ、また」と、言い残して電車を降りる以外の答えは与えられていない。

それから毎日のように、一年前のあの頃と同じ目的を持って毎朝早くに起きて、早すぎる電車に乗って学校に行き、朝読書をする。まるであの頃から成長していない。

電車を降りて、まだ通学生徒のほとんどいない坂道をうつむいてトボトボと歩きながら、「ホント……。僕は何やってんだろう……」とつぶやいた。つぶやいてしまった。

今以《もっ》て未練の塊でしかない自分が情けなくなる……

思えば彼女との出会いは今から一年ほど前……。中学三年に上がったばかりの四月の放課後のことだった。


「――快晴。――無風。うん、言うことなしだね、ゆーちゃん。今日の放課後だいじょうぶ？　どうせ部活なんか行かないでしょ」

「部活なんか……。とは失礼だろ。彼らはみんなああして、何も考えず汗を流すことこそ青春だと信じてやまないんだ。僕にしたって例外じゃないよ。僕はれっきとしたサッカー部員なんだからね」

「って、ぜんぜん部活なんか出てないじゃん！」

僕にちゃんと突っ込みを入れてくれるのは友人の鳩山遥斗《はとやまはると》、通称『ぽっぽ』。ぽっぽは普段は無口で内向的、友達といえるような存在は僕を除いてほとんどいない。背はやや高く、中性的な顔立ちはそれなりに整っているといっていいが、女子生徒からの人気はまるでない。一般的な関心事とは縁が遠く、ごく一部の事象にそのすべてのベクトルを注ぐタイプ。女子生徒からの人気がなくても気にしない。『三次元女子になんか興味がない』だそうだ。せめてもう少し寝癖をちゃんと直して整えるだけでもそれなりに見栄《みば》えはするだろうに。

あえて言うまでのことでもないのだが、ぽっぽはヲタクである。そんなぽっぽが本日提案したのが放課後の屋上で紙飛行機を飛ばそうというものだった。

そんなことの一体何が楽しい？　問いただしたところで無意味だろう。彼の考えることは時として周りには理解が及ばない。それが時として周りの人間を遠ざける結果となりうるのだが、僕にしてみれば彼と一緒にいると退屈しない。非ヲタの連中がやることといえばどいつもこいつも同じようなことばかりで、こぞって同じような服装をして喜んでいるのである。それを自己主張などとほざくのだから笑うべきなのかどうかさえわからない。

ぽっぽは違う。時々突拍子もないことを思いついてはそれに突き進む。中二の時などは本気でタイムマシーンが作れないかなどと考えていたくらいだ。そんなぽっぽが屋上で紙飛行機を飛ばすというのだ。きっと何かが起きるに違いない。

屋上。目の前に用意されていた紙の束には文章が羅列されている。当時の僕は本なんてほとんど読まなかったからよくわからないがどうやら文庫本のページらしい。背表紙から切り取られていて〝本〟の形を成していない。

「ぽっぽ、まさかとは思うけれど海賊版をアップロードとかしてるわけじゃないよな？」

海賊版をアップロードする際、紙面をスキャンしやすいようにページをばらすと聞いたことがある。

「そんなわけないでしょ。大体それってほとんど漫画の話で小説ならもっと簡単な方法があるよ。絵が必要ないなら文章だけを読み取ればいいんだから」

「してんのか？　違法だぞ」

「してないよ」

「ならいい」

ぽっぽは屋上に座り込んで、紙飛行機を折っては飛ばし、あれが違う、これが違うと言いながらスマホの電卓機能を使って計算をしている……。どうやら今日はハズレの日のようだった。飽きてしまった僕は屋上からのんびりと校庭を眺めていた。

そこでは僕の所属しているサッカー部（とはいっても幽霊部員）が練習をしている。サッカー部のキャプテンの片岡君が大声を張り上げて喝を入れる声が屋上まで届いてくる。

「まったく……。暑苦しい奴《やつ》だよな……」ぽつりと独白する。

中三になっていよいよ部活に顔を出さなくなった。どうにかこうにかレギュラーの端にとどまることこそできていたものの、どうやら僕はサッカーのような集団競技には向いていなかったようだ。

僕は決して運動音痴というわけではない。走ったり、飛んだりといったことはわりと得意な方だし、遊びでやっただけではあるがアイススケートやスノーボードなど、かなりセンスが良かったといってもいいくらいだ。だったらなぜ他人の顔色をうかがうのが得意と自負するこの僕が集団競技がだめなのかということなのだが、要するに周りに気を遣いすぎてしまうのだ。サッカーにおいては仲間の意思をうまく読み取り的確な位置でパスを受けとる。敵の行動を読んでうまくボールを奪うことができる。問題はその後だ。僕ごときが出しゃばったことをしてボールを奪われでもしたらほかのみんなに申し訳がないという恐怖にかられてしまう。そこで僕が何をするかといえば、とにかくほかの誰かにボールを渡したいのだ。ボール、即《すなわ》ち責任を早く誰かに押し付けたいのだ。そういった僕の行動が、特別強いわけでもない中学生のサッカーチームにおいて評価されることはなかった。それどころか、大切な試合の大切な場面に僕は大失態を犯した。

試合の残り時間はあとわずかで2－2の同点。敵ゴール近くで僕の目の前に絶好のこぼれ球がやってきた。これを決めれば僕はきっとヒーローになれるだろう。しかし、僕の目の前には敵チームのディフェンスが二人向かってくる。僕はビビってしまった。

その時、僕の取った行動は……。全力の空振り。いや、ただしくはスルーだ。僕の後ろの方から上がってくる片岡君の姿が見えた。僕はこのチャンスを彼に託し、全力のスルーをして、空中を半回転しながら地面に背中から落ちて、敵チームのディフェンス二人も僕のあまりのこけっぷりにひるんだ。反則すれすれのプレーだ。しかし、どうしても試合に勝ちたかった僕に迷いはなかった。呼吸困難な体をどうにか奮い立たせたその時。片岡君はヒーローになっていた。僕は見事な失態を犯したとみんなの笑《わら》い種《ぐさ》となった。

あれがフェイントだったとわかってほしかったとかそういうことだけではない。僕は、片岡君とのあまりの格の違いを自ら強く感じてしまい、なんだかサッカーをするのがばからしくなってしまったのだ。

暇を持て余した僕は退屈がてらに見よう見まねで紙飛行機を折ってみた。よくわからないところはただ何となく思い付きだけで折ってみる。

息を止めて、肩の力を抜いてすうーとはるか遠くまで手を届かせる感じ、僕の手を離れた紙飛行機は上空高く飛び上がり、空を大きく、ゆっくりと旋回する。空に一回、二回、三回と大きな螺旋《らせん》を描きながらゆっくりと降りて行った。

四回まわってちょうど階下のベランダのところに落ちて行った。

「ずるいなー、ゆーちゃんはー」

「なにが」

「そうやって、ふらっといいとこを持っていっちゃう」

僕は屋上の手摺《てすり》を摑《つか》みながら身を乗り出して真下のベランダを覗《のぞ》き込む。どうやら階下は図書室のようだ。

「ちょっととってくるわ」

「いいよ。別に紙飛行機くらい」

ぽっぽの言葉を無視して小走りになっていた。

「いいって、べつにー」

後ろの方でぽっぽの声が響いていたが気にはしなかった。

階段を下りて図書室に向かう。考えてみれば僕が図書室に入ったのなんてあれが初めてだったかもしれない。

いやに静かな図書室の引き戸を開けるとガラガラという音だけが響く。当然中の皆さんからの注目を浴びてしまうことを覚悟でそろそろと中に入る。と、注目を浴びるどころか図書室の中にいるのはただの一人で、しかも僕のことなんかまるで気にかけずに読書に没頭している様子だった。

ベランダへの出口のすぐ手前の無駄に広い閲覧コーナーにただ一人座っている女子生徒

には、いつしか傾きかけていた太陽の茜色《あかねいろ》に染まる光が降り注いでいた。

放課後の図書室は蜂蜜をこぼしたような黄金色に包まれ、空気中を舞う無数の埃《ほこり》がまるで天使の飛び立った後の羽毛のように漂っていた。

ショートヘアでメタルフレームの眼鏡をかけた女子生徒は周りに構うことなく読書を続けている。茜色の夕日は彼女の黒髪を黄金色に輝かせる。

彼女のことは知っている。同じクラスの若宮雅さんだ。

知っているといっても顔と名前をようやく知っているだけ。同じクラスになったのは今年が初めてではあったが、それほど規模の大きくもない中学校の中で、同じクラスにならなかったというだけで今まで知りもしなかったというのも稀有《けう》な話ではあるが、それほどまでに彼女は地味で目立たない存在だった。もちろん話をしたことなど一度もない。

なるべくなら気取られないようにしたいところだが、いかんせん紙飛行機は彼女のすぐ後ろの引き戸を開けたベランダに落ちている。静かに静かに彼女の方に近づいていくとその大きな黒目がちな瞳と長いまつ毛にきらりと光るものが見えた。

「……泣いてるの？」声に出すつもりもなかった声が零《こぼ》れ落ちていた。

は。と、おどろくようにこちらに振り向いた彼女は……可憐《かれん》で……。うつくしかった……。

「た、た、た、竹久《たけひさ》君……。いつから……」

あきれた。今の今まで僕の存在にすら気づいていなかったようだ。それから彼女は自分の涙を見られたことに気づいたらしい。

「あ、あ、ごめんなさい、ちょっと、ほ、本を読んでて……」

慌てて眼鏡をずらし、白いカーディガンの袖口で涙を拭きとった。

「どうしたの、こんなところに……」

僕を見つめる彼女の視線に思わず息をのんだ。その視線が僕の眼球そのものではなくその少し奥にあてられているのは彼女の視力のせいだろう。しかもちゃんと見えていないからなのだろうか、おそろしく戸惑うことなくまっすぐに見つめてくる。

いつもうわべだけを適当に取り繕って生きている僕の心の奥底までを見透かしたような視線に冷静さを失った。それを必死に隠すため僕はあえて軽口をたたく。

窓の外のベランダに見える紙飛行機を指差す。

「あれ……。あの紙飛行機にさ、君あてのラブレターを託して届けたつもりなんだけど、気づいてもらえなかったかな」なんて、自分でもイラッとするようなことをつぶやいてみせた。

「あ、あああ、ああ、ご、ごめんなさい。わ、わ、わたし……」

若宮さんは耳まで真っ赤にしてしまった。

「い、いやいや本気にしないで、ただの冗談だから」

「…………え、あ、ああ、あ、ご、ごめんなさい」

僕の軽口で再び若宮さんがたじろぐ。相対的に僕は少し冷静さを取り戻した。

「ねえそれ……。そんなにおもしろい？」

「え……ええ。ねえ、竹久君は小説とか読むの？」

「ああ……まあ、シェイクスピアとかならまあ……」

──嘘《うそ》だった。

シェイクスピアなんて名前しか知らない。その頃は『ロミオとジュリエット』のあらすじすら知らなかったのだ。そもそも小説と聞かれておきながら、僕がシェイクスピアを持ち出したのは、戯曲と小説の区別すらできないような無知な人間だからだ。

「シェイクスピアならわたしは『十二夜』と『夏の夜の夢』が好きだわ。竹久君は？」

「……い、いや、まあ、ベタだけど『ハムレット』かな」

よし、これはナイスだ。『ハムレット』の名前が出ただけで申し分ない。もちろんどんな話だか知らないのだが。

「ねえ、また、竹久君が読んだ本の感想とか聞かせてもらえないかな」

「あ、ああ、いいよ。僕なんかの感想が面白いとは思えないけど」

「うん、いいの。自分以外の感想とか知りたいし、そういうこと話せるような友達とか……いないし……」

「うん、じゃあ、またあらためて……」

僕はまた、気障《きざ》ったらしく手のひらを若宮さんに軽く振ってから踵《きびす》を返した。

その視線を背中に感じながらも、まるで何事もなかったように、なるべくスマートであろうと心がけながら図書室を出た。やはり図書室というやつはそれなりに防音効果が働いているのだろうか、廊下に出ると吹奏楽部の演奏の音が初めて耳に入ってきた。今度の地区コンクールで演奏することになっている曲、ベニー・グッドマンの『シング・シング・シング』だ。その軽快なリズムに半ばスキップするような足取りで駆け出した。結局紙飛行機を回収さえしなかったことに気づきもしないで。

僕はその日の帰り道、本屋によってシェイクスピアの『ハムレット』を買って、朝までずっと読んだ。

ほとんど意味が解《わか》らなかったし、途中何度も睡魔に襲われたが、朝までにはどうにか読み終わった。

それから続けて数冊の本を読んで、僕はしばしば偶然を装って図書室に訪れるようになった。何をもって偶然と言い切ったのかはわからない。誰の目からどう見たって偶然であろうはずもないことくらいバレバレである。放課後、そして時には朝から。若宮さんは期待を裏切ることなくいつもそこに座っていた。

僕はちょっとした読書家を気取りながら〝同じ趣味を持つ者同士〟を演じて彼女に取り入ろうとした。初めのうちは開いた本の脇から盗むように彼女のことを眺めていたが、それになれるとだんだんと大胆さは増して本を置いたまま彼女に見とれることもあった。その白い肌、艶のある髪、大きな目、長いまつ毛。普段はおとなしすぎて気に留《と》めもしなかったが彼女は十分すぎるほどに美しい少女だった。果たしてこの事実にどれくらいの人が気づいているだろうかと思うと、それを見抜いた自分を誇らしくも感じた。

彼女は読書をする時は決まって右手でページをめくり、空いた左手でスピンをいじるクセがある。本の世界で緊張が高まると細く、白い指にスピンをくるくる巻きつける。僕は左手の薬指に巻きつけるスピンを見ながらいつか自分が贈るであろう、その指の装身具を重ねた。

本を読み進めようとしてもいっこう頭には入らず、結局同じところを繰り返し読まなければならなくなる。僕はたしかに恋をしている。そしてそれは思春期において大いなる悩みが一つ増えたことを意味する。

そして時には彼女と読書の感想を語り合うこともあった。ある時、芥川龍之介《あくたがわりゅうのすけ》の『蜘蛛《くも》の糸』の感想文を彼女に渡したことがあった。まるでひねくれた、バカバカしいとしか言いようのない感想文だった。しかし若宮さんはそれを面白いと言ってくれた。『同じ本でも人によってそれをどう読み取るかというのはさまざま。ありきたりのきれいごとばかり並べる優秀な感想文よりも、竹久君らしさが出ていていい』ということだった。

僕はその言葉を聞いて調子に乗ったのだろう。有頂天になって、間違った読み方をすることに対しても恐れなくなった気がする。ただ、自分の好きなように読む。時には自分の都合のいいように理解する。そんな読み方までするようになった。

そして僕はどんどん深みにはまっていった。

——読書と、——若宮さんに。

偶然若宮さんと同じ電車に乗り合わせた入学二日目以来、僕はまた毎朝のように早すぎる電車に乗り、早すぎる時間に学校に到着。朝読書をする毎日となった。

やっていることは一年前とほとんど同じで、まったく成長していない。

「あー、ゆーちゃん。朝会うのは珍しいね。いつもこんなに早い電車で通ってるの？」

ある朝、駅から少し離れたところにある自転車置き場に駐輪している時、そう気さくに声をかけてきたのは中学からのヲタクの友人、鳩山遥斗こと、ぽっぽだ。

「なんでゆーちゃんはこんな早い電車に乗ってるんだ？　ぼくと同じ東西大寺駅で降りるんでしょ？　おんなじ駅までだから高校に行く時は朝一緒になると思ってたのにいつもゆーちゃんいないからどうしたんだろうと思ってたけど……。何もわざわざこんな超満員電車に乗らなくたって十分間に合うでしょ」

「そう言うぽっぽこそ今日はなんでこんな早い電車なんだ」

「部活だよ」何かを自慢するような表情で言いながら、自転車を止め終わった僕たちは二人で並んで歩きながら駅へと向かった。

「ぼく、部活始めたんだよ」

「……ふーん。ぽっぽがねえ。で、いったいなんの？」

「コンピューター研究部。……いいよね、高校ともなるとなかなか面白い部活がある。中学の時はまるでぼくの興味を引くものなんてなかった……」

「そうか……。ぽっぽは将来システムエンジニアになりたいって言ってたっけ」

「ゆーちゃんも部活始めたの？」

「……ああ、まあ、なんていうかな。朝読書だよ、家じゃうるさい妹とかエラそうな妹とか厚かましい妹とかがいて、ゆっくり本が読めないからね。それで朝早くから学校に行って読書でもしようかなって……。まあ、そんなとこだ」

「ああ、ゆーちゃん本気で朝読書なんてする人だったの？」

「中学の頃からそうだろ」

「あれはてっきり……まあ、いいや」

言いながら駅のホームに到着した僕はいつもの習慣でつい、そのホームの端まで歩いて行った。それは迂闊《うかつ》だったと言えるだろう。今日はぽっぽがとなりにいるということをもっと考慮するべきだったかもしれない。

「あ、優真くんおはよう」駅のホームの端っこで肘から上だけで小さく手を振る黒髪の文学乙女、若宮雅。「あ、きょうはぽっぽ君も一緒なんだね」

その瞬間、事情を理解したであろうぽっぽがジト目で僕を見た。

「……ふーん。今日はってことは毎日なんだね」

僕はその言葉を無視した。

二人して満員電車の中で若宮さんを守り、ぽっぽと僕は東西大寺駅のホームに降り立った。

「ふーん、朝読書ねえ」

「言うなよ」

「ああ、安心して、明日からは、ぼくはこの時間の電車は使わないようにするから」

それだけ言い残してぽっぽは立ち去った。ぽっぽの通う東西大寺高校は駅の南口方向にあり、僕の通う芸文館高校は駅の北口方向にある。したがってそれぞれ別々の出口に向かって解散した。

朝一番の誰もいない教室で本を開いたが、どうにも読書ははかどらなかった。窓の外の穏やかな風を眺めながら昔のことをつい思い出してしまう。


中学三年の夏休みに入ると若宮さんは市街地にある大きな市立図書館に通うようになった。四階建ての大きな建物で、一階のテラスの向かいにはわりと広い公園がある。公園の隅っこには役目を終えた機関車（D-51と言うらしい）が展示してあり、僕たちは汽車公園と呼んでいた。汽車公園の向こうには西川《にしがわ》という名のほとんど用水路にしか見えないような流れのとても緩やかな小さな河川と、それに沿って長い遊歩道がある。そこには様々な植樹がされていて、ここより下流の方に行けば長い桜並木もあり、いつも散歩者が絶えない。

景観こそいいものの若宮さんはいつも景色になんか目もくれず本を読みあさっていた。

僕はそこに時々訪れる。——偶然を装って。

その頃には若宮さんにとって僕は十分に読書好きのイメージが定着していて、偶然という言葉にもいくらか信憑性《しんぴょうせい》もあっただろう。本来ならば毎日のように通いたいのだが、さすがにあからさま過ぎて、なるべく日を空けながら通った。

当時すでに二人は随分と仲良くなっていて、会えばいろいろな話もするし、時には一緒に勉強もした。そうだ、その年僕は受験生だったのだ。

若宮さんが勉強のできるタイプだというのは言うまでもないが、僕の方はまあ、平均。どちらかというと理系で文系教科はまるで駄目だった。夏の間に繰り返された読書と勉強会は僕の成績を飛躍的にあげることになり、考えてもみなかった有名進学校の白明《はくめい》を受験するまでに至る。（結果として付け焼刃の勉強は受験失敗に終わった）

そして中三の夏休みが終わり新学期が始まった頃、サッカー部のキャプテンの片岡君は僕のところへやってきた。

「なあ。オレたちも受験生だから今度の試合で引退なんだけど、お前も試合に出ないか」

意外だった。幽霊部員の僕がいまさら試合に出る必要なんてどこにもない。

「なんでいまさら？」

「記念だしな。それにオレとしてはお前のパスの技術は結構評価の対象ではあるんだけどな。それに……。それにあの時、みんなは随分と文句を言っていたがオレにはわかってたぞ。あれは敵にフェイントをかけてのスルー……。だったんだよな？」

どことなく上から目線な言葉にいちいち腹は立てない。サッカー部のキャプテンで背が高く、男前。勉強もトップクラスで十五歳には思えない、低くて渋い声をしている。当然足も速い。僕に勝てることなんて何一つない。むしろ僕が彼に少しでも認められていたことが誇らしかったくらいだ。そしてそんな彼があの時の僕の大失態の正体に気づいていてくれたことは素直に嬉《うれ》しかった。だからといって今更どうということではない。

「いや、いいよ。今更練習もろくにしてない僕が試合に出ても足を引っ張るだけだよ」

「……そうか、じゃあ……しょうがないよな」

片岡君は淋《さび》しそうだった。

それから数日経《た》ってからの放課後。図書室で若宮さんと二人で読書をして過ごしていた時に片岡君がやってきた。その頃には僕がそこにいるということは校内でもそれなりに知られていた。

「わりぃ。邪魔したか？」

「いや、そんなことはない。それより試合どうだったの？　昨日だったんだろう？」

片岡君はシニカルに笑ってみせた。

「……負けたよ。お前さえいたらな……」

「……あ、いや、ゴメン」

「謝るなよ。単なる皮肉だ。それより……今度の日曜日、引退メンバーで打ち上げしようかと思うんだけどお前も来ないか？」

「それこそどんな顔して出りゃいいんだよ。僕だってもう、ずいぶん長いこと部活になんて出ていないわけだし……」

少しの間をおいて片岡君は若宮さんの方を見た。

「じゃあ、若宮来ない？」

それを聞けば、僕だって黙ってはいない。

「どうしてそこで若宮さんなんだよ。それこそ関係ないじゃん」

「若宮来たら、お前も来るだろ」

「い、いや、それは……。どうしてそういう話になるんだよ」

「どうもこうも、そんなことわざわざ言うこともないんじゃねえの？　だってお前さ……」

「あ、あの……」それ以上の言葉を遮るように若宮さんが割って入った。「あの……。わたしが行ったら優真くんも行く？」

「いや、だからどうしてそんなことに……」

「出た方がいいよ。そういうの……。せっかくなんだし……。わ、わたし行きます」

「……わ、わかったよ。じゃあ僕も行くよ」

「よし、じゃあそういうことで、日曜日午後一時に校門の前に集合な」

片岡君はそう言って立ち去った。なんだか変な話になった。


日曜日に僕は今更どんな顔してみんなと会えばいいのかを考えながらためらって、少し時間に遅れ気味に到着した。若宮さんはきちんと早めの集合を心掛けていたようだ。

それこそ場違いな若宮さんがこんなところに来る理由はなく、浮いてしまうんじゃないかとも懸念していたが、それは過ぎた心配だったらしい。

そこに集まっていたのは僕を含め三年のサッカー部員、来ていない人もいたが十数名。それに加えてそれと約同数の女子生徒。ひとりはマネージャーを務めていた子だったが、あとの女子生徒のほとんどはどういう理由で集められたかは解《わか》らない。が、やはりそれは片岡君のカリスマ性ならではといったところだろう。

僕たちはみんなで歩いてそこから近くのカラオケ店（それは田舎における随一、そして唯一の娯楽施設）へと移動した。

男女合わせて三十名近く、ほとんどそれは部活動的なものというよりは大がかりな合コンにさえ近い。一番広い大型の部屋に入り、それぞれが仲のいい者同士のグループで勝手にワイワイする感じ。長い間部活に出ていなかった僕と、本が唯一の友達のような若宮さんとは当然のように部屋の隅っこの方で二人の世界を作り上げることとなった。

これだけの人数がいればカラオケで歌を唄《うた》わないやつがいたところで誰も気にはしないだろう。それに後ろの方にいる僕たちに誰が気を留《と》めるだろうか。

またいつものように若宮さんと二人で最近読んだ本について意見を交換していた。そこに割り込んできた男が一人。

「ああ、読書だったらオレも結構読むぜ。太宰治《だざいおさむ》とか。『人間失格』は最高だよな」なんて、ベタにもほどがある。そんなのはとても読書好きの意見とは思えないな……ってほんの数か月前の僕だってそんなものだっただろう。そう思えばあの頃の僕の薄っぺらい（今だって大したことはないが）〝読書家気取り〟なんて、本物の文学乙女には見抜かれていたに決まっている。そう思うと少し恥ずかしい。

ともあれ、誰にでも気が使える片岡君にとっては部屋の隅っこでみんなの輪から外れている姿が気になったのだろう。

そしてそこに彼が割り込んできたということは……。

この会に出席しているほとんどの女子生徒はおそらく片岡君のファンなのであろうこと

は明白であり、彼のいるところが常に会の注目すべき中心地だ。

会場全体の視線はおよそ僕たちのいる隅っこへと向けられた。そろそろカラオケにも飽きてきた頃の思春期の少年少女たちの関心事と言えば——。

「ねえ、ところで竹久君と若宮さんは付き合っているの」と誰かが言葉を投げかけた。

「やだ、そんなの聞かなくってもわかりきってるじゃない」

「そうそう、なんだかいつも二人でいるもんね」

次々に繰り出される勝手な言葉に僕たちは反論することも、肯定することも許されなかった。むしろ顔を真っ赤にしてうつむいている若宮さんの姿はそれを肯定しているようにしか映らなかった。僕たちは恋人同士だと決めつけられたようだった。僕は別段そのことを不快には思わない。むしろ嬉しいとさえ思っていた。

そしてテンションの上がりきった思春期の少年少女たちはやがて暴挙に至る。

——王様ゲーム。

それは王様の名をかたる悪魔が自由奔放にふるまう悪魔の遊び。そのルールの凶悪さゆえ、現代において絶滅の危機に瀕《ひん》しているこの遊びも、こうした田舎においてはかすかに生き続けていたのだ。

しかしそこは中学生。それなりに分別をわきまえた軽いお遊びだった。しっぺ、デコピン。まあせいぜい好きな人の名を発表するというくらいにとどまっていたし、三十人近い人数だ。犠牲者になる確率だって低い。ほとんど傍観者のつもりで部屋の隅っこに鎮座していただけだった。

だが、それは突然訪れた。

「じゃあ、12番と26番がキス！」

いつも悪ふざけばかりしている男子生徒がそう言った。

「いや、ちょ、それはいくら何でもマズイんじゃね」

そんな声が飛び交った。どうかこのままそんな命令は却下されてほしい。僕は12と書かれた割り箸を誰にも見られないように握りしめていた。

「てか誰だよ。12番と26番！　とりあえず名乗り出ろよ」

不穏な空気が流れ、いくら僕でもそこを無視するわけにはいかなくなってしまった。

「12」とつぶやくように立ち上がった。

「26番誰だよ！」

その言葉の後しばらくの沈黙を挟み、若宮さんがゆっくりと立ち上がった。

「……なあーんだ。じゃあ問題ないじゃん」

「そうよね、どうせあんたたち初めてってわけじゃないんでしょ」「いいじゃん、いいじゃん。しちゃえよキス」「えー、あたし見たーい」

口々に好き放題の発言が飛び交う。周りに恋人同士だと勘違いされてしまったことがここにきて大きな痛手となった。

「キース、キース、キース……」

いつの間にかコールと、手拍子が始まる騒ぎとなった。もうどうにも後に引けないような状態。若宮さんはうつむいたまま拳を強く握りしめていた。そしてある時点で彼女のタガは外れてしまった。

「……あ、あ、あの……。わたしたち！　べつにつきあってるわけじゃありませんから！」

まさか若宮さんがこんな大きな声を出せるなんて思ってもみなかった。それにはっきりとした否定発言に会場は凍りつき、険悪なムード。誰も、一言も発しないまま。それはわずか数秒のことだったのかもしれないが、果てしなく長い時間にも思われた。

「あーあ、雰囲気台無しだな」片岡君の思いっきり皮肉を込めたような言葉で沈黙は解かれた。

「お前ら、どうでもいいからさっさとキスしろよ。しないって言うんなら今すぐ帰れ」

僕はおそらく人生で初めて誰かを憎いと感じた。殺気立つ目で片岡君を睨《にら》み付けた。足が半歩、片岡君に向かった時、「いい、もう帰ろう」僕にだけ聞こえるような声で若宮さんがささやいた。おかげで僕は少しだけ正気を取り戻し、若宮さんの手を強く握った。
「帰ろう！」
皆にはっきりと聞こえるような声で言いながら若宮さんの手を引っ張ってカラオケ店を後にした。背中の方でヒューヒュー言いながら拍手をする音が響いた。

それからしばらくの間は片岡君と口をきくことはなかった。校内では若宮さんの宣言とは裏腹に僕たち二人は付き合っているとささやかれた。僕たち二人の関係はというと何も変わらなかった。今までどおり図書室で本を読んだり雑談をしたり。そんな毎日の中で僕は少しは気づくべきだったのかもしれない。時々彼女がうつろな目をしたり、何かをぼんやりと考え込んだりする姿に……いや、もしかしたらもっとずっと前から……。彼女は時々校庭の中を走りながら皆に檄《げき》を飛ばす誰かの姿を眺めていたのかもしれないし、あの日、あの会に彼女が参加しようと言い出したのだって、そのためだったのかもしれない。僕はひとり、彼女の姿を眺めながら自分にとって都合の良い世界を想像していただけかもしれなかった。

ある日ちょっとした巡り会わせで片岡君と二人きりになった時に彼は言った。

「優真。あの時は悪かったな……。あの時はああ言うしかなかったんだ」

ただそれだけの言葉だったが、その時、僕はようやく気づいた。気づいてしまった。

片岡君は恋をしていた。あの、地味で目立たない黒髪の文学乙女に。

あの時、あの言葉は僕に対してどうこう言ったものなんかじゃない。

彼女を守るため。そのために行った苦肉の策。

片岡君は自ら憎まれ役を買ってあの会場から文学乙女を逃がしたに過ぎない。

〝ああ、これが恋なのだ〟〝恋のため、自らを犠牲にしたいと思うことがある〟

ツルゲーネフの『はつ恋』の中にあるセリフを思い出す。

去り際に片岡君は僕に言った。それは僕を見下す風な言い方ではなく、あえて言うなら僕に対する羨望というか、敬服といった印象を受ける言い方だった。

「――お前さえ、いなけりゃあな……」

片岡君は握り拳をそっと僕の脇腹に押し当てた。

僕はすっかりそのタイトルに騙《だま》されていた。ツルゲーネフの『はつ恋』は、そのタイトルからウラジーミルとジナイーダの恋の話だと思っていたのだが、実際に読んでみると後半部分に少し違う印象を感じた。ジナイーダという一人の少女を巡り、恋の火花を散らした二人の男の物語……僕はそう感じたのだ。

かくして僕は高校受験に失敗し、若宮さんは合格した。

二人が離れ離れになることが確定し、僕は卒業式の日にその想《おも》いを告げることにした。

勝算はあった……

それはいつの日だったか、たぶん夏休みの頃だったと思う。

昔から記憶力が悪いというか物忘れが多いというか、特に消しゴムをよくなくす。そして、いつも一緒に勉強している若宮さんに借りるのだ。そしてまたそれを返すのを忘れてしまう。まったく。自分が嫌になる。

さらに言うと僕は消しゴムに対し、変なフェティシズムを持っている。消しゴムについているキャップを外し、そのキャップを左手の人差し指にはめて、右手人差し指でその真新しい消しゴムの腹の部分を撫《な》でるのだ。滑りやすくするためか、粉を吹いていて、すごくスベスベしている。背筋を這《は》うような快感が走る。これを人知れずひそかに行っている。

と、ある時、キャップを外したところの真新しい部分にペンで文字が書いてあった。

――あなたのことが好きです――

よくよく見ればそれはもともと僕の消しゴムではない。考えるまでもなく若宮さんから借りてそのままにしているやつだろう。彼女はいつしか僕に密《ひそ》かなメッセージを送ってきていた。

それをたしかに僕は受け取った……。つもりになっていたのだが……。

『……わたしはね……。片岡君のことが好きなの……』

何がどこでどう間違ってしまったのか……。本来行動を起こすべきタイミングを誤ってしまったのかもしれない。もしくは初めからあのメッセージは僕あてではなかったのかもしれない。

ただ単に自分に都合のいいように解釈していただけ。

今から思えばあの『はつ恋』と同じだったのだ。

僕はこの話をウラジーミルとジナイーダの恋の話だと思って読んでいた。だけど若宮さんはそうではなかった。彼女はあの話をジナイーダ目線で読み取り、ジナイーダとその想い人との恋に悩む彼女がいつもその隣にいたウラジーミルに相談したという話として読み取っていた。

事の次第はつまりそういうことだったのだ。

中学時代の僕はウラジーミルで物語の主役だと思っていた。しかしジナイーダの目線で語ればウラジーミルは傍観者でしかなかった。ただそれだけなのだ。

そしてこの物語、結局のところ二人の恋物語なんかじゃなく。ウラジーミルとその恋のライバルとの友情物語に過ぎない。

そして、相も変わらず僕はこうして朝早く、誰もいない教室でひとり読書を開始した。一年前は二人だったが、今はもうひとりだ。『坂口安吾《さかぐちあんご》全集』を開きながら、やはりその内容はあまり頭に入ってこず、めぐるのはあの頃。

消しゴムに書かれた文字——あなたのことが好きです——を思い出しながら、センチメンタルに浸っていた。

いつしか僕のすぐ隣にとある生徒がいることに気づいた。目をやるとクラスで一番の美人の笹葉《ささば》さんだった。いつもは強気な彼女が恥ずかしそうに、もじもじとしながらその白い頬《ほお》を赤く染めていた。

「ねえ、竹久——。つきあって……ほしんだけど……」

その言葉を聞いた瞬間。僕の脳髄は一気に沸点に達してしまい……

——愚かにも、再びとんでもない勘違いをして、そして玉砕するのだった。

『D坂の殺人事件』（江戸川乱歩著）を読んで

竹久　優真

誰かがこんなことを言っていた。

『純文学とは愛だとか絆《きずな》だとか答えが明確でないものを描く。それに対して推理小説をはじめとする大衆文学はすべてが明確な答えを必要とされる。故に読後爽快感が得られる』

さて、名探偵と言えばいったい誰だろう。それぞれ想い入れがあり、人それぞれ意見があることだろうが僕が個人的に思う一般論、ということならばシャーロック・ホームズにエルキュール・ポアロ。それにくわえてこの明智小五郎《あけちこごろう》という感じではないだろうか。『D坂の殺人事件』は初めて明智小五郎が登場する話で主人公とともにD坂で起きた殺人事件の犯人を推理するという筋書きになっている。そのなかで主人公はどうやら明智が犯人ではないかと推理する。しかし、それを覆すように明智は真犯人を推理し、しかも驚くことに……というよりはむしろなんで？　と思う結末。真犯人が自首するという形で終わっている。

視線による密室の存在や先入観による誤推理。日本の推理小説の原点の一つともいえるこの作品、この結末に違和感を覚えてしまったのは僕だけではないはずだ。そして僕の悪い虫が騒ぎ始める……

この事件の真犯人は別に存在している……


六月のはじめ。晴れの日の午後の授業は眠い。

半分開いた二階の窓から春の風と夏の風がちょうど半分ずつそよいでいる。その優しい風に交じってささやかなピアノの音まで聞こえてくる。昼食後のまどろみの時間には手ごわすぎる……

――僕は坂道を駆け上っていた。学校へと続く桜が満開の並木道だ。その桜並木のうちの一本だけ一輪の花さえも咲かせていない樹《き》があった。僕はその枯れ木に同情した。まるで自分のようではないかと……

ボカッ！　後頭部に鈍い痛みが走る――

「あまりにも堂々と居眠りしてるもんだから……。そんなにわたしの授業はつまらない？」

顔を上げるとそこには国語教師、桜木真理《さくらぎまり》先生の姿。武者小路実篤《むしゃのこうじさねあつ》を愛する（元）文学乙女だ。長い黒髪を後ろで一本に束ねた、若くてよく見ればそれなりに美人の先生だが、いかんせん牛乳瓶の底のような度のきつい丸眼鏡がそのきれいな瞳を覆い隠してしまっているのはもったいない。手には分厚い現代文の教科書が……僕の眠りを妨げた犯人の凶器はそれで間違いない。

「そんなに居眠りするようなら補習を受けてもらいますからね」

「あー、その補習って先生とふたりっきりなんですかね？　だったら受けてもいいかな」

ボカッ！　っともう一撃教科書を食らった。

午後の眠い授業がようやく終わり放課後となった。昼過ぎ頃までは良かったはずの天気も次第に崩れはじめ、放課後の空は黒い雲に覆われていた。交際を開始して一か月余りのカップル、大我《たいが》と笹葉《ささば》さんがやってきて放課後どこか遊びに行こうと誘ってくれた。

「わるい、雨も降りそうだし、今日は部室に行って読書でもしておくよ」

「なあ、優真《ゆうま》。もしかしてお前俺たちに気ぃ遣ってくれてる？　いいんだってそういうの」

「いや、別にそういうわけでもないよ」

「なら……いいんだけどな。それにしてもまさかお前が文芸部に入るなんてな。ま、本が好きなんだよな。なんか嫉妬するわ」

「わるいな」

言いながら、颯爽《さっそう》と二人を残して旧校舎にある部室へと向かっていく。

――気を遣っていないと言えば嘘《うそ》になる。

どちらかと言えば一緒にいると自分自身がつらくなるので距離を置いているだけだ。

そのためにらしくない部活動を始めたというのもある。


事の発端は四月のある晴れた朝にさかのぼる。僕が部活なんてものを始めるきっかけとなった、100パーセントの女の子との出会い。

高校に入学して間もない四月の終わりに校内統一模試があり、それが終わり次第ゴールデンウィークという形になる。そんなある日、部活動をしているわけでもないが毎朝一時間以上も早い電車に乗り込み登校する。そして誰もいない教室に一番乗りで到着して読書を開始する。

この朝読書が僕にとっての至福の時間。一年ほど前から始めたこの習慣はいつの間にか自分の体になじんでしまっていた。朝早くの読書は頭も冴《さ》えるし、家ではなかなか落ち着けないもののここでなら落ち着いて読書ができる。……と、そういうことにしておく。

「あ、あのさあ、た、竹久《たけひさ》……」

と不意に声をかけられた。聞きなれた、少しばかりのハスキーさを感じさせる声は消しゴム天使こと笹葉更紗《さらさ》だ。椅子に座っている僕のすぐ横にまで来ていたのにまるで気づかなかった。まだ朝も早い時間でいつもなら僕以外誰も来ていない。それに今だって僕と消しゴム天使以外誰もこの教室にはいなかった。

「ちょ、ちょっと……は、話あるんだけど……。いいかな」

いつもならツンツンした雰囲気の彼女が何だかしおらしい。カーディガンの袖口から覗く両手の指先だけを組んだり離したりしながら落ち着きがない。

僕は少しばかり考えてみた。彼女はもしかすると僕がいつも朝早くからひとり読書をしていることを知っていて（実際そのことは知っているはずだ。そのことを何度か彼女と話したこともある）、その僕と二人きりになるチャンスをねらってこんな朝早くに登校してきたのではないか？

あまりにも自分に都合の良すぎる解釈かもしれない。だがいくら考えてもそれ以外の意見にはたどり着けそうにはない。しかし、しかしだ。そんな状況を作り出してまで彼女は僕に何の話があるというのだ。どう考えても都合の良すぎる想像しか働かない。

「なに？」なるべくクールを装ってひとことで返す。実のところ今にもにやけて顔が溶けてしまいそうだった。

「ねえ、竹久――。つきあって……ほしんだけど……」

――キタ。ついに僕の青春がやってきたのだ。

しかしどうしたものだろう。確かに笹葉さんは美人だ。万が一にも彼女に告白されてたとしてＮＯと言う男なんているだろうか。しかし、僕はまだ笹葉さんとは知り合って間もない間柄。恋に落ちているかといえばそこまででもないだろう。それに、僕にはいまだ癒《い》やせない失恋の傷が深く根を下ろしており、こんな状態で別の人と交際するというのは不誠実ではないだろうか。

返す言葉を思索する中、笹葉さんが言葉を続ける。

「あ、あ、あのさあ……今週のテスト終わったら……春の文化祭があるでしょ……」

――春の文化祭。そうだ、すっかり忘れていたがこの学校には春に小さな文化祭がある。世に言うゴールデンウィーク期間の四月三十日がその日である。文化祭というには大げさ

なのだが、要するに各部活動の勧誘会である。参加も自由で少し前に皆で話をした時に誰も部活に興味がないと言っていたので、いかないつもりですっかり忘れていた。

「そ、その時さ、そ、その……ウチと一緒に回らないかな……とか……思うんだけど……」

文化祭を一緒に回る……まあ、何事もあせってはいけない。こんな時こそ冷静でなければならない。

「んん……」なんて考えるふりをするが迷う理由も予定もさらさらない。内心即答したいがじらして答える。「だいじょうぶ。時間くらいどうにでもつくるよ」

「え、あ、うん。やた。じゃ、じゃあ……」

あからさまに頬《ほお》を赤らめる消しゴム天使はあまりにもかわいすぎる。

「あの……ウチ、友達を連れていくから……。だ、だから、その……。竹久も黒崎《くろさき》君を誘ってくれる？」

「ああ、いいよ…………」

――って……。ようやく事の次第に気が付いた。まあ、そういうことか……。本当に誘いたい相手はリア王で、直接言うのも恥ずかしいから僕を利用しただけだ。一瞬でもうぬぼれた考えを抱いた自分が愚かしい。考えてみればそれが当然と言えば当然。

それだけを言い残して彼女は教室を去っていった。

また、一人ぼっちの教室。今更読書をする気分にはなれなかった。消しゴム天使はしばらくして教室内に他の生徒が登校してきた頃になってまた、何事もなかったように教室に入ってきた。鞄《かばん》を持ってまるで今登校してきたばかりの様子で。

午後になってリア王に約束を取り付けたことを報告すると顔を真っ赤にして喜んだ。二人は周りの誰から見てもお似合いな美男美女であるし、むしろそこに僕が割って入るというのが場の空気を読めていないような行動なのかもしれない。そもそもがあの入学式の日のリア王に対する消しゴム天使の目線。あれはまさしく恋する乙女の目だった。

四月も最終日となるその日はもうすっかり夏日となっていた。

本来学校も休日で、春の文化祭とは名ばかりの、いわゆる部活動の勧誘イベント的な行事だ。登校も義務ではなく自由だし、時間の制限も当然ない。

昼食をとってからの午後一時に学校の教室で待ち合わせをした。

僕一人電車の方角が違うため、時間の都合もあって予定時間よりも少し早くに到着し、しばらく読書でもしていようかと思っていたのだが、一足先に黒崎君はすでに到着していた。すっかり腰を据えて落ち着き払った様子はおそらくもう、随分前から来ているように思われた。

この状況で読書をするわけにもいかず、僕たちはしばらく他愛《たわい》もない会話をこなしながら時間をつぶし、「おまたせ」と、教室の隅に座る僕らに対して少し前かがみであいさつをする笹葉さんが現れたのは約束の午後一時を少し過ぎた頃だった。教室に差し込む夏を感じさせる日差しを受けて白い肌はいっそう白くその輪郭は半分透明にさえ見えた。

「で、こっちが友達の……」と笹葉さんが伸ばした右手の先に視線をおくると「ちゃーお！」と元気よく挨拶する少女。そこに立っていたのは……。どこかで見覚えのある……。

小柄で、薄小麦色の健康的な肌。栗色《くりいろ》のセミロングの髪に天真爛漫《てんしんらんまん》な瞳。口角が自信ありげに上がっている。前回逢《あ》った時は一瞬過ぎて気づきもしなかったが、口元に小さな黒子《ほくろ》がある。挨拶を済ませた彼女の目と眉はVの字を描いていて、まるで『ししっ！』と、声を出して笑っているようにも見える。（実際には声を出していない）――彼女こそが入学式の日に出会った太陽の少女だ。入学式以来校内を注意して見て回ったものの一度も見かけることがなかったが、その存在は意外と近くにあったんだという気がした。

「アタシ、宗像瀬奈《むなかたせな》！　よろしく！」

前に会った時もそうだったが出会いがしらにいきなり人の頭を殴るくらいだ。一瞬の出来事ではあったが元気のいい子だという印象もそのままだ。

「君、黒崎大我君？　はじめまして、だよね。うん、やっぱりかっこいいね！」言葉は途中で区切りはするものの、相手に喋《しゃべ》る暇は与えない程度の早口。『かっこいい』の言葉に反応した笹葉さんが後ろで「でしょ。でしょ」と言っていたのは聞き逃せなかった。

「黒崎大我だ。よろしく」

みなさんご存知《ぞんじ》の……という言葉が頭についていながら省略したように聞こえる自己紹介で黒崎君は手を出した。二人はまるで当たり前のように握手した。

「……で、」と太陽の少女がこちらに向き直り「君は黒崎君の友達？」とまるでおまけのような扱いで僕を見据えた。僕はリア王と同じように手を差し出した。『また、会ったね』だか、『久しぶり』の言葉を用意したが、僕が言葉を発する直前に彼女は飛びつくように僕の手を握りしめ、「はじめまして！」と言った。

これで会うのは二回目のはずだったが、彼女はまるで僕のことを憶《おぼ》えてなどいなかった。ある晴れた四月の朝（今日はギリギリ四月だ）、１００パーセントの女の子に出会った時のために用意していた言葉はやはり今回も使いどころがなかった。だってそれは相手の反応があまりにも予定外（僕のことを全く憶えていない）だったから。

「いやあ、待たせちゃったね！」

悪びれる様子もなくまるでこちらに目配《めくば》せでもするような感じで、一応、謝った。

「ごめんね。瀬奈はホント遅刻魔だから……」呆《あき》れたように笹葉さんが言った。どうやら今日の遅刻の原因は彼女らしい。

笹葉さんは続けて「いつもだって朝、学校に行く時待ち合わせしてるのにしょっちゅう遅刻するんだから」

……それは知っている。入学式早々遅刻しそうになる奴《やつ》だ。と言ってやりたいところだが、彼女が僕を憶えていないんじゃしょうがない。それに僕もひとのことを言える立場ではない。

「ごめんね。おひるゴハン食べてたらあまりにおいしくて三杯もおかわりしちゃって、そのあとデザートもしっかり食べてたらつい遅刻しちゃった！」

まったく。なにが言いたいんだろう？　反省の色はまるでない。

春の文化祭……。とはいうものの校内は閑散としていた。連休期間中にしかも参加自由という形で行われる文化祭にわざわざ来るというのも億劫《おっくう》だ。特に部活動などというものに縁のない生徒は来やしないだろう。それにしても今年入学した生徒のうち一体何割くらいの生徒が部活動というものを始めるつもりだろう？　この閑散とした様子ではあまり多いとは言い難い。僕たちはただダラダラと日常会話を交わしながら校内を見て回った。どの部活動も特別勧誘に力を入れている様子はなく、運動部などはほとんど普通に練習をしているだけにしか見えない。少し見て回るだけですぐに飽きてしまった。無理もない、黒崎君も笹葉さんも、それにおそらく宗像さんだって特に何かをやりたいという感じでもなさそうだった。三人とも見事なまでの陽キャでおそらくリアルを生きているだけで充実していると言ってもよさそうだし、笹葉さんに至っては単に黒崎君と一緒に過ごすための口実でしかありえないのだろう。

すぐに飽きてしまった僕たちはいったん学食に向かった。セルフカウンターでそれぞれ飲み物を買ってテーブルに着く。僕の飲み物はブラックコーヒーだ。それに気づいた宗像さんが「あれ？　ユウはコーヒーに砂糖とかミルクを入れないの？　大人だねえ」と言った。「まあね」と答える僕は悪い気はしない。

本当の理由は大人だからだとかそんなことじゃあない。単に両親が無類のコーヒー好き（あるいは中毒）で家にはいつでもコーヒーが淹《い》れてあるのだが、いかんせん両親ともにブラック派で砂糖やミルクは置いていない。仕方なしに飲んでいるうちにそれに慣れてしまっただけだ。だけどいつの頃からかそんな話をすり替えてこんなことを言うようになった。

「ミルクや砂糖を入れるくらいなら別にコーヒーじゃなくて甘いジュースを飲めばいいじゃないか」

「あ、でもさ。アタシはミルクと砂糖のたっぷり入ったコーヒーが好きなわけだから。それにね、世の中ってそんなに甘くはないじゃない？　だからせめてコーヒーくらいは甘くたっていいんじゃない？」

宗像さんは言いながらミルクのたっぷりと入ったコーヒーにしこたま砂糖を入れてかき回す。しかし、そんなことよりもコーヒーと一緒にクロワッサンにかじりついていた。しかも二つ。たしかこの子は来る前にご飯を四杯食べてきたとか言っていなかっただろうか？

「それにしても、よく食べるね」

「アタシ、クロワッサンが好きなのね。だからいくら食べても太らないようになってるの！　だからいちいち気にしてくれなくてもいいからねッ！」

なんて言いながらふたつのクロワッサンをぺろりと平らげた。

「ねえ、ねえ。クロワッサンってどういう意味か知ってる？」

宗像さんが手についたクロワッサンのパンくずをパンパンと払いながら得意げに言う。

「……たしか、三日月のことよね」

すぐに笹葉さんが答えた。つい、僕も負けじとそれに続いた。

「たしかトルコの国旗に三日月が描かれていて、当時戦争状態にあったオーストリアがトルコ軍を撃退し、それを記念するという意味で三日月の形を模したデニッシュが作られたのが始まりだ」

「あーあ……それ、今からアタシが言おうと思ってたんだけどなあ。そういう時は知ってても知らないふりしてもいいんじゃないかな」とつまらなそうに短く言葉を切った宗像さんは膨れてしまった。なんて強引なんだと思いながらもそういうものかと反省もする。

「あ、三日月と言えば今朝のテレビで今日はブルームーンだって言ってたわよ」

「へえ……。そうなんだ。めずらしい」

笹葉さんの言葉に黒崎君が答える。

「ブルームーン？　なにそれ？　まさかお月様が真っ青になるっていうの？」

「ブルームーンってのは一か月の間に満月が二回あることを言うんだよ」

「満月って月に一回じゃないの？」

「満月の周期は二十九・五日だから、二、三年に一回くらいの割合でそういうことが起きるんだ。この四月は一日と今日、三十日の二回満月になる。これをブルームーンっていうんだ」

黒崎君はより適切な解説を入れた。

「ふーん。ねえ、ユウ、知ってた？」その宗像さんの質問に僕はすかさず答える。毎日本を読むことで無駄に増えていく知識をあまりひけらかしてはならないと今さっき憶えたばかりのはずなのに、つい、言葉が出てしまう。

「ああ、知ってたよ。本来ブルームーンっていうのは春夏秋冬各季節に起きる満月が四回ある場合、その三番目の満月を差す言葉だったんだけど、それが誤って報道されて月に二回満月が起きる現象と言われるようになったんだ。そこから慣用句で〝非常に珍しいこと〟という意味で使われるようになった。また、同じ名前のカクテルがあって、こちらは〝できない相談〟や〝叶《かな》わぬ恋〟という意味があるよ」と、僕はさらに輪をかけて解説をしながら、きっとこういうところが嫌われるんだろうなと思うもやはりもう遅い。

「ふーん。でもなんにしてもあんまりいいもんじゃなさそうね。ブルームーンって」

「そうでもないよ。昔は不吉の前兆なんて言われてたけど、最近じゃあ見ると幸せになれるなんて言うし……ブルームーンを眺めながら『月がきれいですね』とささやいてみるのもいい」

「月がきれいですね？」

「『月がきれいですね』っていうのは夏目漱石《なつめそうせき》の有名な言葉だよ。彼が英語の教師をしていた頃『I love you』を日本語に訳す時に日本男児は〝我は　あなたを　愛している〟などという言葉は使わない。と言って、適した訳として〝今夜は月がきれいですね〟がちょうどいいと話したという逸話があるんだ。もっとも、この逸話は最近では作り話だともいわれているけどね」

「……随分遠回りなんだね。なんかめんどくさい」

「でもさ、俺もその気持ちはわかるよ。なんかきれいな言い方だよな」

リア王が言う。確かに、こういう言い回しをこういう男前が言えばきっと様になるのだろう。

「翻訳ってなかなか難しいのよね。言葉をそのまま直訳しても、そのニュアンスは文化の違いがあるからどうしても少しずれてしまうのよね。昔に翻訳された本を読んでいると変だなって思うことがよくあるわ。昔の日本ではなじみのない言葉だから、それをどうにか伝えようと訳者は必死で考えたんだろうけれど、グレープフルーツをアメリカざぼんと言ったり、アボカドを鰐梨《わになし》と言ったり、これはまあ確かにわからないでもないけれど、明らかな誤訳では『フランス人旅行者が列をなして通り過ぎた』という言葉があるのだけれど、ここで言う〝フランス人旅行者〟っていうのは、自転車レースのツール・ド・フランスの走者のことだったの。これじゃあまるで違う話になってしまうのよね」

そんな笹葉さんの言葉に少し意外性を感じた。勝手に彼女のことをビッチっぽいと決めつけていたのだが、なかなかどうして文学的なことを言い出したことは意外だった。

「ああ、そういうことなら……」僕が笹葉さんに続ける。そういうことならば負けたくはないと見栄《みえ》を張ってしまうのだ。「シェイクスピアの劇をはじめて英語で見た時正直すごく驚いたんだ。シェイクスピアは、ここまで考えて物語をつくっていたんだって」

「なに？　ユウ、それどういうこと？」

「おれはそれまでに本でシェイクスピアの脚本を読んだことがあったし、その脚本通りの日本語の舞台を見たこともあった。だからきっと英語の劇でもストーリーは大体わかるだろうと思って見たら、それは想像していたものとはまるで違っていたんだ。

　シェイクスピアの戯曲のセリフは、英語だととても早口で、しかもその言葉は韻を踏んでいて、すらすらと語られるその言葉はまるで歌を歌っているような印象を受けるんだよ。だけどこれを日本語に訳してしまうとそのあたりの韻やリズム感がバラバラになってしまって、本来持っている魅力が伝わらなくなることに気が付いたんだ。

　もちろんひとつの英単語に相当する日本語訳はたくさんあり、当然その逆も存在する。だから文学を本当の意味で理解しようと思うとどうしても原文の言語で読まなくっちゃならないんだよな……」

そんな談話をしながら休憩を終えて部活動の見学回りを再開することにした。

食堂を出ると、その奥の体育館のさらに奥の丘の上には古い校舎が見える。普段教室として使われてはいないその旧校舎も、部室としては現在も使われているらしいが、そちらの方にはまだ行っていない。率先してそちらへ向かおうとする僕の袖口を笹葉さんがつまんで引っ張る。

「旧校舎ってあれでしょ。その……出るっていうか。なんかいろいろ噂《うわさ》あるわよ」

「出る？　出るってまさか幽霊とか？　もしかして笹葉さんって幽霊とか苦手なの？」

「竹久は幽霊怖くないの？」

「あたりまえじゃないか。だって今まで見たことなんてないしな」

「そんなのウチだって見たことないわよ」

「つまりは恐れる必要はないってことさ。もし、本当に幽霊がいるのだとして見えないのならいないのと同じだよ」

「もし、見ちゃったらどうするのよ」

「そうだな。それは、たぶん。みんなに自慢できるかな。だってほとんどの人が幽霊なんて見たことないんだからさ」

「え、でも……」

ガラにもなくおびえている様子の笹葉さんが少しかわいらしくもあった。それでつい調子に乗ってしまった。そこにすかさず王子様が救いの手を差し伸べる。

「じゃあ笹葉さんは俺と一緒にあっちの方を見に行かないか?」

「そうね、じゃあユウ。旧校舎、アタシと行かない? アタシ別に幽霊とか全然平気だし、いったんこのあたりで二組に分かれて別行動してもいいんじゃない?」

宗像さんは僕の腕をつかみ、その場から連れ出した。笹葉さんたちと離れるなり僕の腕を放した宗像さんは呆《あき》れるように言った。

「もう、ユウ。アンタいい加減気を利かせなさいよね。サラサは黒崎君とふたりきりになりたいに決まってるじゃない」

——解《わか》ってはいるけれど、あらためて言われると泣きたくなる。

旧校舎は食堂の奥、体育館の裏にある細い坂道を登ったところにある。全く人の気配の無い、しかも日陰で日当たりも悪くじめじめした通路に、山道の斜面を登っていく坂道がある。その手前の入り口にはペンキの剝《は》げた赤さびだらけの格子扉がつけられているが、鍵はかかっていなかった。坂の上の方にかすかに古い建物が見える。

本当にここから上がっていくのか? 少しばかり警戒しながら格子扉を開けるとキイー

と音を立てた。地面の土をセメントで固めただけの道で両脇には草が腰ぐらいの高さまで伸び放題に伸びている。急に空の雲行きが怪しくなって、まるで立ち入ってはいけない場所に踏み込もうとしている罪悪感のようなものさえ覚える。坂道は人がすれ違うのも困難なくらいに狭く、ついさっきまで幽霊なんて平気と言っていた宗像さんは僕の背中にピタリとくっつく。強いて残念なことを挙げるならば彼女のなだらかな体形で背中にピタリとくっつかれても何も感じ得ないということくらいだ。

坂道を少し歩くと開けたところがあり、そこには築六十年は超えるであろう木造二階建ての校舎らしきものがある。二階建ての上にもう一つ時計台のついた小さな三階部分が屋上に乗っかっている形だ。時計の文字盤の上には小さな窓が一つあり、内側から色あせたレースのカーテンが閉められていて中は見えない。時計はまるで見当違いな時刻を指していて、おそらくは動いていないだろうと推測できる。古びた焼杉の外壁は方々剝《は》がれていていかにもおどろおどろしい雰囲気がある。

手前の入り口から入るとすぐ左手に上の階へ上がる階段があり、廊下はまっすぐ延びて、左手に二つの教室が見える。この旧校舎にある部室だって何らかの展示はしているはずだろうが、まるで人のいる気配というものが無い。木造の廊下は歩くとキイキイと軋《きし》み、旧校舎中に静かに響き渡る。

僕たちはまず、そのまま二階に上がった。一階と同じく二つの教室があって、やはり誰もいないようだ。素通りするように三階に上がったが、三階に上がってすぐの踊り場に鍵のかかったドアがあるだけで中に入ることはできなかった。二階に戻り、片方の部屋は使われていない様子で、もうひとつの部屋には〝油画部〟と書かれた表札があるが中には誰もいなかった。無造作に並べられているキャンバスにはどれも桜並木の絵が描かれていた。窓の外を眺めると、なるほどここからの景色を描いているのだとわかった。この旧校舎のある高台からの景色はなかなかのものだった。元々が山の上にあるような学校だが、その中でも一番高いところにいるわけだ。眺め下ろす景色はすっかり葉桜に変わりきった桜並木の坂道とその向こうにささやかな街並み。遠くは東西大寺《ひがしさいだいじ》駅まではっきりと見える。風も涼しく町の喧騒《けんそう》からも離れ、ノスタルジックな気持ちにさせてくれる。

しかし誰もいないのであれば仕方ない。教室を出て一階に戻る。さっきまで静かだった旧校舎に怪しい声が響いた。その教室には〝競技かるた部〟と書かれてある。その部屋からは短歌を読み上げる声が響いている。なるほどさっきまでは暗記の時間で無音だっただけのようだ。たしかに耳を大事にするその競技はこういった静かな場所でなら都合がいいのだろう。だが、あいにく今の僕はかるたになど興味がない。その部屋を素通りして隣の教室には〝文芸部〟と書かれた表札がついている。その下にはなぜか『似顔絵描きます』

と、意味不明でぶしつけな張り紙が貼られていた。中からは物音ひとつ聞こえない、とても静かなものだ。教室の窓からそっと中を覗《のぞ》いてみる。

そこには一人の女子生徒が座っていた。たったひとり。緑色のネクタイは一つ上の二年生だということを表している。

蜂蜜をこぼしたような黄金色の夕日が差し込む古い木の教室でたった一人、本を開く女子生徒。短く切りそろえられた青みがかるほどの黒髪に、不健康そうな白い肌、そして黒目がちな大きな瞳に黒縁の眼鏡をかけている。差し込む夕日が教室内に舞う塵《ちり》を白く輝かせ、幻想的な世界を作り上げている。

——僕はこの景色を知っている。でもこれはデジャ・ヴなんかじゃない。

そっと教室に入る。立ち込める紙とインクのにおいはやはり心を落ち着かせてくれる。無駄に広いだけの教室には四組の机と椅子が置いてあるばかりで、あとは大きな書架に本がずらりと並ぶ。比較的新しそうな物から随分と年代ものまでが揃《そろ》っているようだ。黒髪の女子生徒は僕たちに気づき、優しそうに微笑《ほほえ》みながら言った。

「君たち、ひょっとして入部希望者？」

「え、ええ、まあ、とりあえず見学を」

「そう、君たちはカップルなのかい？」

――そう思われることは決して不快ではない。……が、今頃黒崎君と笹葉さんが二人でどんな会話をしているのかが気になり正直に喜ぶ気持ちにもなれなかった。

「今日、初対面の友達です」

「そうか、じゃあ、まあ二人の出会いを記念して似顔絵でも描いてあげるよ、そこに座って」

「……」やっぱり気になるので正直に聞くことにしよう。「あの……どうして文芸部で似顔絵なんて描くんですか？」

「……ん？　文芸部？　ここは漫画研究部だけど？」

「い、いや、ぶ、文芸部では」

「ああ、わるかったね。文芸部なら一昨年《おととし》の卒業生で廃部になったらしいが……それで昨年、あーしと先輩たちとで設立したのがこの漫画研究部というわけだ」

「あ、でも、表の表札は文芸部と書かれてましたけど……」

「ああ、それなんだよ。まったく、今年の生徒会といったらなってないね。たしかに一年前、あーしが入学した頃は確かにここは部員ゼロの文芸部だったわけだが、今はこうしてあーしたちが新しい部を設立したにもかかわらずそこを書き変えていないんだ。おかげで今年は新入部員が集まらなくて困ってる」

今やこの学校に文芸部は存在してなどいなかった。大きな書架の本もよく見れば半分近くが漫画だし、先程彼女が持っていた本もよく見れば確かに漫画の単行本だ。

「残念だったね。まあ、いいじゃないかせっかくだからちょっとモデルになってよ。すごくいい被写体だ。特に……そちらの彼女」

たしかにそれに関して言うならば同感だ。僕と宗像さんとを椅子に座らせ、彼女は向かいの椅子に立膝をついて、その膝にスケッチブックを立てかけてさらさらと鉛筆でスケッチを開始した。本人は単に無警戒なだけだろうか、僕からすればその立膝あたりの光景が気になって仕方ない。思わず目をそらすと「こっち向いてて」と彼女は言う。もしかしてわざとなんだろうか？　そんな思いをよそに彼女は余裕を持って話しかけてくる。

「あーしは葵《あおい》　栞《しおり》という。この漫画研究部の部長だ。と、言っても今は一人しかいないから当然なんだけどね」

「アタシ、宗像瀬奈です」

「ぼ、僕は、た、竹久、優真。それにしても葵……栞さんってどっちも下の名前みたいですね」

「きみ、よく人のことが言えたね。竹久……優真……君だって十分どっちも下の名前みたいじゃないか。ところで君たち、もしよかったらうちの部に入らないか？」

「ああ、でも、せっかくなんですが僕はあんまり漫画って読まないんですよね」

「まあ、別にそんなことはどうだっていいじゃないか。君はもともと文芸部に興味があったんだろう？　要するにそれをする場所が必要なわけだ。だったらこの場所を使えばいいじゃないか。ここは静かだし集中できるよ。それにね、秋の生徒会の総会までに部員が三人残っていなければ部は廃部、おまけに部室も取り上げられてしまうからね。何としてもメンバーを集めたいんだ。まあ、助けると思って入部してくれると助かるんだが……」

言いながらもわずか数分で、僕と宗像さんの二枚の似顔絵を書き上げた。漫画研究部などと言っていたからてっきりもっと簡単なスケッチだと思っていたが、そのラフ画はかなり本格的なものだった。それぞれを封筒に入れて一枚ずつ僕たちに渡しながら「考えてみてくれ」と葵さんは言った。

教室を後にして、旧校舎を出ようとしたところで唖然《あぜん》とした。いつの間にか結構な量の雨が降っていた。ここから新校舎まではなかなか距離があって、走ったとしてもそれなりに濡《ぬ》れてしまうんじゃないかと思われる。

「まあ、いいじゃない。どうせすぐに止《や》むよ」宗像さんはそう言いながら玄関口の地べたに座り込み、「ここ」と言わんばかりに自分の隣の地面を二回たたいた。

二人無言のまま並んで座り、降りしきる雨をしばらく見つめていた。

「ああ、これじゃあ今夜のブルームーンは見られそうにないね」

「なんだ、楽しみにしてたの？」

「だってなんだかロマンチックでしょ。ねえ、ところで……」

「なに？」

「ユウはもしかしてサラサのことが好きなの？」

──思わず息を呑《の》んだ。「別に、そういう訳じゃないよ。仮にそうだったとしても所詮はブルームーン……。叶《かな》わぬ恋さ、僕なんかじゃ逆立ちしたって黒崎君にはかなわないよ」

「はあ？　何バカなこと言ってんの？　そんなのあたりまえじゃん！」

「……」辛辣な言葉に心が折れそうになる。しかし彼女は続けてこう言った。

「逆立ちなんてするから勝てないんだよ。ちゃんと地に足つけて正々堂々と勝負しないと！」

「ごめん。やっぱり僕に正々堂々なんて似合わないよ。捻《ねじ》れて、ひねくれて、伊達《だて》と酔狂こそが僕のやり方……」

「器用なようで不器用だね」

言いながら彼女は空を見上げた。

「ねえ、アタシ雨って結構好きなんだ……」

「偶然だな、実は僕も雨が好きなんだ。雨の日のアスファルトのにおいとか、樹木のにおい。あと、さびた手摺《てすり》が雨に濡れるにおいとか……。そういうにおいがなんか落ち着く。それにしても宗像さんが雨が好きっていうのは意外だったかな。なんかイメージに合わない」

「イメージってどんなイメージよ」

「……」

――まるで太陽のようなイメージ。心の中で反芻《はんすう》するが、もちろん口には出さない。僕は黒崎君のようにそれをさらりと言えるほどの器ではない。

「――あのね。雨降りの日って、お日様が休憩できるんだよ。いつもいつもニコニコばかりしているとさすがに疲れるでしょ。そんな時は雲に隠れて思いっきり泣くの」

そう言って彼女は視線を空のさらに上へと送った。僕もつられて見上げる。彼女は〝雨〟のことを太陽が隠れて流す涙なのだと言いたいのかもしれない。雨粒がはるか天空の中心から放射線を描くように広がっているかのごとく見える。それはまるで……。極楽浄土から地獄へと垂れさがるクモの糸のようでもある……

宗像さんは、句読点を打つ程度の短いため息をついて言った。

「ブルームーン、見たかったなあ」

「まあ、この雨じゃあどうしようもないな」

「うん。しょうがないよね。月だって泣きたい夜くらいはあるのよ……」

　家に帰ってから漫画研究部で描いてもらった似顔絵を封筒から出してみる。似顔絵は僕のものではなくて宗像さんのものだった。間違えて渡してしまったのだろうと思ったが、葵さんの性格を知っている今からすればたぶんわざとだったのだろう。さすがに部屋に飾っておくわけにもいかず、抽斗《ひきだし》の一番上にそっとしまっておくことにした。

　ゴールデンウィークとかいう、ささやかな連休が明けたひさしぶりの登校日、学校に到着して教室。黒崎君と笹葉さんは二人して僕のところにやってきた。

　どうやら二人は恋人として付き合うことになったらしい。律儀なことにその報告だった。

　こうなることはわかっていたし、だからと言って……いや、もうやめておこう。

　あの日以来、ようやく仲が良くなってきたという友人たちと距離を置くようになり、僕は部活動という逃げ道を作った。

　そして、現在に至る。

──漫画研究部。表向きには文芸部だと言っている。現に部室の入り口には『文芸部』の表札がかかっているし、そのいきさつを説明するのはとても面倒なことだ。それに僕自身その部活動は文芸部として活動しているわけでやましいことなど何もない。

学校のはずれの丘の上にぽつんと立つ小さな旧校舎は老朽化が進み、いつ壊れてもおかしくない。しかもこんな今にも雨が降りそうな天気の日、相変わらず人気《ひとけ》がない建物というのは薄気味が悪い。幽霊が出るなんて噂《うわさ》もいたしかたないくらいだろう。

木造二階建ての上に据え付けられたような時計台はずっと前から動いていない。その上にある窓はいつもカーテンが閉めたきりで……。と、その時ふと気が付いた。いつもはベージュとレースのカーテンが閉めたきりになっているはずの窓から誰かがカーテンを少しずらし、こちらを覗いている。一瞬僕と目が合うか合わないかくらいでカーテンは閉じられた……ように思える。あまりに一瞬の出来事だったので定かではないが、おそらくこちらを覗いていたのは髪の長い女性だったように思える。見てはいけないものを見てしまったのか……、とは思わなかった。元来僕はそういったスピリチュアルなことは信じていない。……が、そのカーテンの向こう側に緑がかった光球がゆらゆらと揺れている様を見てしまった時は、それが決して狐火《きつねび》なんかではないと自分に言い聞かせるのに必死だった。

キイキイと軋《きし》む古い旧校舎の廊下を歩き、一階の奥にある教室、『文芸部』の札が一年以上も前からずっとかけられっぱなしになっているのが漫画研究部の部室。静かにドアを開けると眼鏡をかけた黒髪の少女が机に向かい必死でペンを滑らせている。僕はその姿に初恋の女性の姿を重ね、少しだけ憧れていた。そして彼女と二人で過ごす放課後というのも悪くないと思っていた……。まさかあの栞さんがそんな人だとは思っていなかったのだ。

「ああ、たけぴー（栞さんは僕のことをこう呼ぶ）、ちょうど良いところに来た。ちょっとここ、君の意見を聞かせてもらいたいんだけどな」

彼女、葵栞は当然漫画が好きで、彼女自身も漫画を描いている。言われた通りに彼女の描く原稿を覗きこむ。相変わらずヒドイ漫画を描いている。王子様風のイケメンが全裸で、『ち〇こ――！』と叫んでいる。

「どう思う？　って、ヒドイと思いますね」

「そういうことを聞いているんじゃない。ここ、伏字にしてみたんだが、やっぱり伏字だといまいち読んでいて感情が伝わりにくいのではないかとも思うのだが……」

まったく。呆《あき》れてしまうところだが、過剰な反応を示すと彼女の思うつぼなのでここはあえて冷静にアドバイスする。

「感情を伝えるシーンならあえて伏字にしなくてもいいんじゃないですかね。商業用作品じゃないんだったらその単語くらいで問題視することはないと思いますよ」

「うんうん、やはりそうか。じゃあ、やっぱりここは伏字はやめてちゃんと『ちえこ――』と叫ぶことにしよう」

「はあ?」そのまま無視すればよかったものを、僕はついついツッコミを入れてしまった。それが彼女にとって思うつぼであるにもかかわらず……。

「千恵子《ちえこ》って人名なら初めから伏字にする必要ないでしょ!」

「そんなことあるものか、この話のストーリーはあーしのクラスメイトにおける実話をもとにしているんだ。伏字にしておかないとプライバシーの問題があるだろ」

「だったら仮名にすればいいじゃないですか」

「おお、さすがはたけぴー、なかなかいいことを言うではないか、やはり相談してみるものだねー」

まったく。見え透いた茶番もほどほどにしてほしい。

「まあ、伏字のせいでよからぬ勘違いってしてしまうことがあるよね」琹さんはそう言いながらノートの隅にすらすらと一文を書き上げた。

――どうかしら？　わたしのおまんピー●んこ、舐《な》めてもいいのよ。

「いうまでもなくこれは調理実習でお饅頭《まんじゆう》を作った女子があんこの試食をさせてくれるシーンのセリフなんだけど、童貞のたけぴーはついつい勘違いしてしまうだろ」

「勘違いなんかしません。そもそも調理実習で饅頭なんて作らないでしょ」

「おや？　否定するところはそこ？　童貞の部分ではなく？　そーか、君はまだ童貞か」

はあ、僕は深いため息をつく。

「いけませんか？　童貞は？」

「おやおやまさか、あーしはむしろ尊敬しているのだよ。男子諸君だってむやみやたらに処女を神聖視しているだろう、それと同じさ。あーしは童貞を神聖視しているのだよ」

「ところで栞さん。もしかして僕のことをたけぴーと呼ぶのって、まさか伏字あつかいにしているってわけではないですよね」

彼女はそれについては何も答えない。

まったく。まさか栞さんがこれほどまでに下世話な人間だと知っていたなら入部なんかしなかっただろうに……。

僕との会話のせいで手を休めたことで描く気をそいでしまったか、栞さんは眼鏡を外してケースにしまった。彼女は読み書き以外の時は眼鏡をしない。少しだけ残念に思う。

「そうかあ、たけぴーはど・う・て・い……」楽しそうな鼻歌交じりにそう呟きながら、琹さんはおもむろにカバンから弁当を取り出した。さすがは女の子の華やかなお弁当……とは言い難い、茶色の多い弁当を食べ始めた。

「って、なにやってんですか?」

「見てわからないのかい? お弁当を食べているんだけど」

「見たらわかりますよ。弁当を食べているんでしょ。そういうことを言っているんじゃなくてなんで今、こんな時間に、こんなところで弁当を食べているのかを聞いているんですけど……。もしかして毎日ここで食べてるんですか?」

「そうだけどそれがなにか?」

「それがなにかじゃなくて、何で昼休みに友達と食べてないのかを聞いてるんですけど」

「まず、友達ならいないよ。それから昼休みに教室でひとりで弁当を食べていると偽善者どもが気を遣って一緒に食べようなどと言い出すからね」

「……えーっと。なにを言ってるんですか?」

「たけぴーの質問に答えただけだけれど?」

「まったく。友達がいないのはわかりました。でも、だったらその偽善者さんたちと友達になればいいじゃないですか」

「あのねえ、たけぴー。なんであーしが友達なんか作らなきゃいけないのさ。友達なんてわずらわしいだけだろう？」

「まあ、そう言うのなら仕方ないですけどね……」

僕はそれだけ言って無言のまま鞄《かばん》から弁当を取り出し、栞さんと向かい合わせで食べ始めた。

「おや、ひょっとしてたけぴーも友達がいない口かい？」

「違いますよ。僕はちゃんと昼休みにいっしょに学食に行ってお昼を食べる友達がいるんです。知ってるでしょう？　この弁当はね、そんな僕の友達づきあいも知らない母親が毎日作ってくれている弁当なんです。かといって食べないというのも母親に対して悪いし、この弁当はいつも帰る道でこっそり食べていたんですけど、これも何かの縁ですよね。これからはここで一緒に食べることにします」

「ほらね、言った通りだ。君は友達なんかがいるせいで随分と面倒な生活をしているんじゃないか」

「そうでもないですよ。食べ盛り育ちざかりの男子ってのはね、いくらでも食べられるもんなんですから」

二人してほとんど無言で弁当を食べ終わると僕は鞄にからの弁当箱をしまい、引き換えに読みかけの推理小説を取り出した。

「おや、珍しいね、たけぴーが推理小説を読んでいるなんて」

「うーん、普段はあんまり読まないですからね。どうも苦手なんですよね。人が殺される話って。ほら、よく名探偵の周りで次々と、しかもまるでありえないような殺人事件が起きるじゃないですか。それを見事に解決していくわけだけど、普通に考えてそんな身の回りで殺人事件なんて起こらないですよ。なのに名探偵あるところに殺人事件が次々と起こる……」

「……名探偵のジンクスだね」

「まったく。あれじゃあまるで名探偵が真犯人で自作自演しながら自分の名声を上げているようにしか思えないですよ。まあ、僕は名探偵のようなスーパースターよりもその横にいるワトソンやヘイスティングズの方に興味があるんです。……彼らは凡人の立場で天才の姿を観察し、時には嫉妬しながらも事件の詳細を綴《つづ》り続ける。その姿というのが興味深いなと思うんです」

「まあ、しかたないよね。何せ作家というやつは自分より頭のいい奴《やつ》の心理描写はできないからね。第三者の視点から物事を観察して、この名探偵は想像できないほどすごく色々なことを考えた結果、この推理にたどり着くんだよ。という形にしないといろんなところに粗が出るからね」

「まあ、なにせミステリというやつは読後の爽快感がありますからね。用意された謎は解かれることを前提に描かれているというのがいい。現実の世界じゃあ謎は謎のままで終わることがほとんどですからね」

　と、二人向かい合ってのたのしい（？）食事の会話を中断させたのはどこからともなく響くピアノの音。流れる曲は午後の授業中に聞こえた曲と同じだ。

「ああ、そうそうこれこれ。確か『ムーン・リバー』という曲だ。『ティファニーで朝食を』という映画の中でオードリー・ヘップバーンが歌っている曲」

「……あきれた」

「あれ、なんか僕、変なこと言いました？」

「……そりゃ、変でしょ。普通怖がるところだと思うよ。これってたぶん今、うちの学校で話題になっている怪奇現象」

「これが？」

「そう、これが。旧校舎のどこかからピアノの音が聞こえてくる……というやつ」

「って、どう考えても誰かが弾いているだけでしょう？　それに幽霊ならこんなきれいな曲弾かないでしょ？　しかも白昼堂々と」

「たけぴー。それはまったくの偏見じゃないか。なにも幽霊がそんな常識を守るとは限らないだろう？」

「いやいやいや、そもそも幽霊がいるなんて言うこと自体が常識を外れているんです。僕は幽霊なんて信じるほどロマンチストじゃないですよ」

「そうは言うけどね、この旧校舎にはピアノなんてないんだよ。でもまあ、もしかしたら三階にはピアノがあるのかもしれないけれどね」

「かもしれない？」

「この旧校舎の三階には鍵がかかっていて誰も入ることができない。何年も前から鍵がなくなってしまっているらしいんだが、なにせ使ってない場所だ。鍵のシリンダーを交換することもなくほったらかしにされている。三階にある小部屋は旧校舎の時計台の機械室も兼ねているから、あそこに入れないといつまでたっても壊れた時計を直すことができないしね」

「鍵がかかっているならどこか窓から侵入しているのかも、ほら、たしか表から見た時あの部屋に窓がついてますよね」

「それは無理だな。あの窓は嵌《は》め殺《ごろ》しになっている。いいかい？　ハメゴロシだよ？　なんだかエロい言葉だよね？」

「無視していいですか？」

「むう、仕方ないな。それにまさかそんなイタズラのためにあんなところから侵入する奴なんていないだろ。足場だってないし危険すぎる」

「つまり、この建物の三階は密室というわけですか……」

「どうだい？　興味をそそられないかい？　もし、幽霊でないとしたら誰が、どこからあの部屋に侵入してピアノを弾いているのか……。君のその灰色の脳細胞を使って学校怪現象を解き明かしてみてはどうかな？」

「いや、興味ないです……」

「なんだあ、つれないなあ。まるで君は灰色の脳細胞というより灰色の青春だね」

何と言われようとも興味はない。少ししてピアノの音もすぐにやみ、また平穏でおだやかな放課後が訪れた。僕がそのまま弁当を食べ、推理小説の続きでも読もうかと思っていた頃、この静かで平穏な文芸部部室に来訪者があった。

ガラッ！　とドアを勢いよく開けるよりも先に軋《きし》む廊下を駆け足で駆けてくるその音でもう気づいていた。

「ねえユウ！　しおりん！　さっきの聞いた？」

相変わらずのテンションで入ってきたのは宗像瀬奈。自称学校一の美少女で、僕の思う学校一の美少女の笹葉更紗の親友だ。入部こそしていないものの暇な時はこの部室に出入りするようになった。きっと彼女自身、交際を始めた大我と笹葉さんに気を遣っているのだろう。

「ちょ、ちょっとー、何で二人そろってそんなに無反応なわけ？　さっきのピアノの音って例の怪奇現象ってやつでしょ？　となりのかるた部なんてすっかりビビっちゃって部活動休止中なんだよ！」

「なあ、宗像さんはなんでそんなに興奮しているんだ？　幽霊なんているわけないだろ。いるのはピアノを弾いている犯人がいるだけだ」

「じゃ、じゃあ、その犯人っていうのを捕まえに行こうよ！　そしたらアタシたち、ちょっとしたヒーローになれるかもっ！」

「いやあ、ヒーローなんて興味ないよ。興味があるのはこの小説の続きであって……」

「まあそう言うなよたけぴー。せっかくせなちーがああまで言ってるんだ。手伝ってあげたらもしかしたらお礼になにかエッチなことをしてくれるかもだろ」

「はっ！　ちょっとしおりん。そんなこと勝手に言わな……」

「いいじゃないかせなちー、別に減るもんじゃないし、たけぴーだっていつもあーしとばっかりじゃ飽きちゃうだろうし……」

——ちょ、ちょっと待て、なんだその言い方は？　それではまるで僕が……

「え！　な、なに？　ユウとしおりんはいったいどういう関係なの！」

「どういう関係って、単なるセックスフレンドだけど？」

「せ、せ、せっくすふれ……」

「ちょ、ちょっと待ってくれ。ゴカイだ。ゴカイしている……」

「そう、やること五回もすればもう十分セックスフレンドと呼べなくないだろう？」

「ち、ちがう宗像さん。は、話を聞いてくれ！」

「きゃ！　さ、触るなこのケダモノ！　うつる、子供ができる！　あっちいけ！」

「ち、違うんだ。そもそも僕はどうて……」——危ない。あやうく地雷を踏むところだった。

「というか僕はもっとゆっくりと聞いていたかったよ。『ムーン・リバー』は僕の最も好きな曲の一つなんだから」

「え、そ、そう、なの？」

「うん。一年くらい前だったかな。カポーティの『ティファニーで朝食を』を読んで、それでオードリー・ヘップバーン主演で映画になっているやつも見た。その映画のテーマ曲だ」

「へえ、それはそれは……ああ、そういえばさ」

「どうした宗像さん、なんか気づいたのか？」

「あ、ううん、あんまり関係ないことなんだけどね。前にサラサがユウは月みたいって言ってたのを思い出したんだけど、見る人によって違ったものに見えるって……。ユウはサラサたちの前だと《おれ》って言うけど、しおりんの前では《僕》って言うんだね。そういうの疲れないのかなって」

「うんうん、なるほど。さすがはせなちーの友達だ。月とはなかなかいい形容だね。さしずめ〝紙の月〟といったところかな。It's Only a Paper Moon だな」

「ペーパームーン？」

「ああ、昔はアメリカなんかで写真を撮る時に背景に紙で作った月をぶら下げて撮影したりしたんだ。表面だけの月、薄っぺらい月、ただのまやかし……まあ、そんな意味だ」

「あ、そういえばそんなタイトルの映画、見たことあるな。なんにしてもあんまいいイメージじゃないね」

「そうだな。薄っぺらいどころか月なんてものは常に地球に対して〝表〟しか見せていないんだ。地球からは決して月の裏側は見えない」

「あ、でも、それって地球からはってことだよね！　太陽からはきっと全部見えてるよ。きっと太陽は地球に向かっていつもいつもいい恰好《かっこう》をしながらくるくると回りまわっている姿を見ながら〝カワイイやつ〟くらいに思ってるかもね」

「カ、カワイイ、のか？」

「うん、それにね。月みたいに決まった自分を持たないってことはいいことだと思うよ。相手に合わせて自分を変えながらうまく相手に寄り添ってあげる。それは特技なんじゃないかな。サラサなんてホント、それが苦手なやつだから！」

──褒められている？　のだろうか。まあ、あまり悪い気はしないのだが……

「ま、ともかく僕はその怪奇現象なんてものには興味がないから好きにやっといてよ」

「なあんだ。つまんないの……」宗像さんはふてくされながら椅子に座り、「あ、そうだ！」と言って鞄《かばん》から何かを取り出した。

「今日、調理実習でお饅頭《まんじゅう》作ったの。アタシのあんこすごくおいしいんだからユウにも食べさせてあげる！」

まあ、瀬奈は調理科なのでそりゃあ調理実習でもいろんなものを作るのだろう。僕はそれを少し照れながら試食した。

翌日、学習能力の乏しい僕はまたしても寝坊をしてしまった。

入学式の日と同じ時間の電車に飛び乗ると、窓の外に雨が降り始めた。朝の天気予報を見る暇など無かった僕はなにを考えるでもなく手元の傘を持って家を出た。たぶん、少しだけ寝ぼけていたのかもしれない。ともあれとんだ僥倖《ぎょうこう》で傘を差してトボトボと歩きはじめた。どうせ今から走ってもきっと間に合わない。

少し歩いたところで、ドーンと後ろから何者かが突進してきた。

「ああ、ユウ。ちょうどいいところにいた。ちょっと困っていたとこなんだよ」

宗像さんが、僕の差している傘に無理やりに入り込んできた。

仕方なく僕は少し距離をとりつつも宗像さんが濡《ぬ》れないようにそっと傘を傾ける。そのしぐさに気づいた彼女は「いいよ、そんな気にしなくても」と言いながら、傘を摑《つか》む僕の手を上から握り、傾けた傘を真上に向けた。体をぴたりとくっつけ、僕に寄り添う。

宗像さんの髪の香りと、雨の匂いの混ざった空気が小さな傘の下に漂う。僕の手の上から握られた彼女の手は少し濡れていて、とても冷たかった。

「……うん！　あれだね！　英語で言うとこのラブラブパラソルだね！」

また、相変わらずきつねのように目を細めて笑う宗像さん。

とても近い距離で僕の方へ笑顔を向ける。

照れくさくて、反対側を向いた僕は照れ隠しのように彼女に解説をする。

「違うよ。アイアイガサは愛が二つの〝愛愛傘〟じゃなくて相手と合わせての傘で〝相合い傘〟。英語ではアンダー・ワン・アンブレラだよ」

「あー、ちがうちがう。直訳するのはナンセンスなんだって夏目漱石が言っていたんでしょ」

僕は、いつもよりもわざとゆっくりと歩き、おかげで二人そろって遅刻をした。

朝のにわか雨はすぐに上がり、放課後の空は曇ってこそいるが空気は澄んでいる。しかも最近の幽霊騒動で競技かるた部は活動を停止中。まるで物音一つしない。

珍しく栞さんが部活を休んだ。はじめのうちは一人きりで読書をしていたがやがて宗像さんがやってきた。栞さんがいないことを特に気にするでもなく書架の前に立ち、並んでいる漫画を物色し始めた。本棚には様々な図書が並ぶがその半分くらいは漫画だ。少年漫画から少女漫画、さらには劇画タッチのものからＢＬものまで。それらは栞さんや、去年で卒業したという漫画研究部の部員たちが持ち寄って置きっぱなしにしているものらしい。宗像さんは時々こうしてその漫画を読みに来る。その日彼女が手に取ったのはＢＬものだった。

しばらく宗像さんは黙って漫画を読んでいた。彼女にしてはとても珍しいことだ。しばらくして彼女はいかにもわざとらしい口調でつぶやいた。

「アレ？　これなんだろう？」

読んでいたBL漫画のページの間から古めかしい紙切れが出てきたらしい。

『カギは、独伊辞書に挟んである』

その紙の隅には桜の花の押し花が張り付けられてあった。

「独伊辞書？」僕は思わずつぶやいた。

「独伊辞書って、あれじゃない？　ドイツ語をイタリア語で説明してある辞書！」

「いやあ、それはそうなんだろうけど、何で独伊辞書なんだよ。戦時中じゃあるまいし、それにカギっていったい何のことだろう」

「ねえ、それは捜してみればわかるんじゃない？」

「そ、そうだな——」

この時点でおおよその見当がついていた。昨日の会話のこともあったしいろいろとタイミングが良すぎるのだ。しかしまあ、僕だってそれに乗ってやらないでもない。読んでいた推理小説のトリックに早い時点で気づいてしまい少し退屈していたところだ。

ここ、漫画研究部の部室は表札を見ればわかるとおり、元文芸部部室だ。部屋の奥の方には古い書架があり、そこにはよくわからないような古い本も並んでいる。独伊辞書なんて言葉を聞かされて、まずそこに目が行くのは当たり前だ。考えるまでもなくその前に立ち、指先で背表紙を撫《な》でる。

『独伊辞書』たしかにあった。バカみたいに分厚い箱の背表紙に金の文字でそう書いてある。今までずっとここにあったのだろうが、誰が好んでこんな辞書を手に取ったりするだろうか。まあ、そこが犯人の狙いなのだろうけど……

その箱をグイッとひっぱりだし……。その箱の中には独伊辞書ではなく、比較的新しそうな日記帳のようなものが入っていた。全体は紺のスエードで装飾され、しっかりとしたベルトで閉じられている。ベルトには金メッキで装飾された三桁のダイヤルの鍵が付いている。

「ええ！　な、なんだろうこれ！　ね、ねえユウ。はやくあけてみて！」

あきれるほどにテンションを上げまくっている宗像さんを尻目に僕はその三桁の数字にあたりをつけてみたが、やはり何のインスピレーションだって湧きはしない。とりあえずその下にある金の丸ボタンを押してみた。

カパッ。まるで人を馬鹿にするかのように鍵は開いた。初めから鍵などかかっていない。三桁のダイヤルは開いた状態で固定されていた。『8・1・3』覚える必要はないのだろうが一応数字だけは確認しておいた。ベルトをはずし、その日記帳を開いた時、僕は思わず笑ってしまいそうになった。犯人はこんなものを一生懸命につくったんだなと考えると親愛なる気持ちがわいてくる。発想がほとんど小学生だ。まるで少年探偵団にでもなった気分。

――日記帳のページはすっかり真ん中を四角く、鋭利な刃物で切り抜かれている。そのおかげで中央に空洞ができるのだ。その空洞には古びた鍵が入っている。その鍵についているキーホルダーには、三毛猫に鼻髭《はなひげ》を生やした不細工なマスコットキャラクターがついている。〝吾輩《わがはい》は夏目せんせい〟という少しマニアックなキャラクターだが、一部の文学乙女の間ではそれなりの人気を博している。

「ね、ねえユウ！　それ、なんの鍵かな！」

よくゲームなんかをして思うことがある。勇者が洞窟で拾った古ぼけた鍵を大切に持っておくということに違和感を覚える。それはゲームの中では必ずと言っていいほどのちに重要な何かを開けるためのカギであるのだが、現実世界で考えればおそらく誰かが落としただけのただのゴミに過ぎず大切に持っておくようなものではない。だが、ゲームの中ではそれは初めから仕込まれたパーツなのである。ミステリのトリックとアリバイと同じで、初めから解かれるために存在する相互関係にある。つまり、鍵があるということは鍵がなければ開かないものが用意されていて、開かない扉があるのならばそれを開くためのカギもまたちゃんと存在しているのだ。これは、初めからすべて仕込まれていたことなのだ。だからこの鍵が何を開けるための鍵かだなんて考える必要もない。

しかしまあ、せっかく用意してくれたこのレクリエーションだ。しっかりと時間をかけて乗ってみてもいい。その場所をあえて最後にするようにこの旧校舎の一階の部屋から順に見て回る。一階、競技かるた部の部室に鍵はかかっていない。誰もいない部室に入るとすぐ隣の部屋だというのに妙な新鮮味を感じる。いや、新鮮味というよりは罪悪感だ。わざとらしく部屋中を見て回る宗像さんに「ここには何もなさそうだ。次に行こう」と声をかける。

二階に部室は二つ。油画部ともう一つは空き部屋だ。

まず空き部屋を宗像さんと二人で思いのままに捜索し（当然何も見つからない）、気分は乗らないが隣の油画部の教室へ入る。

ずっと静かだったので誰もいないと勝手に決め込んでいた。が、それは間違いだった。

「はん？　なんか用か？」

燃えるような真っ赤な髪の毛、鋭い眼光、座っている状態で優に一八〇は超えるであろうことが推測できるようながっちりとした体軀《たいく》。もはや悪魔の化身としか思えないような男がそこに座って立てかけたキャンバスを眺めていた。

ヤバい。これは僕の最も苦手とするタイプの人種に違いないと一目で直感した。

「はじめまして！　だよね。アタシの名前は宗像瀬奈！　あなたは？」

まったくもって臆することなく挨拶がてらにスタスタと歩み寄っていく宗像さん。

危険だ。それ以上近づいたらきっとつかまって食われてしまう。が、しかし動物的に弱いオスにすぎない僕は身動きすらできない。

「ねえ、これ全部あなたが描いたの？　すごいねえ。絵、じょうずなんだねえ」

近づいた宗像さんはその桜並木の絵が描かれたキャンバスをのぞき込む。立ったままで、座った男よりも背が低い。きっと瞬殺で握りつぶされてしまうだろう。

「まあな」

男はそれだけ言って、そして少し照れた様子で頭を掻《か》いた。もしかすると、悪い奴《やつ》ではないのかもしれない。見た目だけで人を判断するのは確かによくない。

「オマエらあれだろ。葵のところの新入部員」

「あ、栞さんを知ってるんですか？」

少し警戒を解いた僕は恐る恐る聞いてみた。

「はん？　知ってるも何も一応同じクラスだからな」

確かによく見れば緑のネクタイは二年生の証《あかし》。それに本当にこの繊細な桜並木の絵を描いたのが当人というのならば、同じ美術科の生徒であってもおかしくはない。信じがたいけれど。

「に、してもオマエら、どうやって葵に取り入った？」

「取り入った？」

「だってそうだろ。あの葵がそうやすやすと新入部員を受け入れるとは思わなかったからな」

「いや、受け入れるも何も、結構強引に勧誘されたようなものなんですけどね」

「勧誘されただ？　それこそけったいな話だな。春の文化祭の時だって、あの部室を訪ねたやつはみな黙ったまま似顔絵を描かれて、そのまま追い返されたっていう話じゃねえか」

「え、そ、そうなんですか……」

「ああ、それってやっぱアタシの魅力のせいなのかな」

「かもな。まあ、なんにせよあの葵が認めたってんだからまあ、なにがしかの魅力はあったんだろうがな」

「あ、あの……栞さんって、いったいどんな人なんですか？」

「さあ、知らねえよ。それこそほとんど話したことねえ」

「同じクラスなのに？」

「うちのクラスのやつ、ほとんど話したことないと思うぜ、葵とは。まあ、それでもただものではないってことはわかるし、なんだかんだで人望もあるみたいだしな。何か困ったことがあれば葵に相談すれば何とかしてくれるって噂《うわさ》くらいは聞いたことある。知ってるか？　あいつ入学して以来今まですべてのテストでほとんど平均点しかとってないんだぜ」

「えー、すごーい！　アタシ、平均点なんて今までとったことないな」

「いや、宗像さんそういうことじゃない。平均点しかとらないってことは、おそらく目立たないようにわざと間違えている可能性があるってことじゃないのか？」

「ええっ、なんで？　もったいなくない？」

「まあ、人には言えない事情というのがあるのかもしれない。あるいは、変に勘ぐっているだけで単に平均的な学力なだけかもしれないけど」

「まあ、あれはあれでミステリアスでいいって考えもあるがな。人はそういうわからないものにこそ関心が行くっていうのもある。葵はあれで男子からの人気も高いんだ。それはわかるだろ？」

「ええ、まあ。それは……」

意外となんとまあ、話してみるとなかなか気さくではないか。考えてみればこのあからさまにヤバそうな真っ赤な髪色も、美術科ではそれほどおかしいというわけではないのかもしれない。先入観で物事を決めるのはよくないことだ。

「で、ところでお前たち、いったい何の用でここに来た？」

「あ、そうでした。その……ここのところ起きている怪奇現象について少し調べてまして……」

「ああ、なるほどな。まあ、興味を持つのはいいが大概にしとけよ。世の中、わからないことがあった方が面白いもんだ」

「なるほど。胸にしまっておきます……」

「ああ、そうだ。まだ名乗ってなかったな。オレは赤城《あかぎ》龍之介《りゅうのすけ》だ」

「へえ、ナマエもかっこいいね。ドラゴンだ！」

宗像さんの言う『名前も』の〝も〟のところが少し気になるが、どうせいうなら芥川《あくたがわ》と同じだというところだろう。と、思いつつも口には出さない。

「た、竹久、優真です」

「ほう、ユーマか、なるほどお前もなかなかに正体のわからない名前をしてやがるな」

油画部の部室を出た僕たちは、いよいよ話の本題へと差し掛かる。寄り道はいったん終わりだ。二階の探索を終えて三階へと向かう。

三階の時計台機械室になっている扉に例の鍵を差しこむと、鈍い音を立ててシリンダーが回転する。

ドアを開け、中に入ると、天気のせいもあるが中は薄暗くてよく見えない。

「あ、そうだ！」

宗像さんはポケットからスマホを取り出して画面をタッチした。グリーンがかったバックライトがその狭い室内を照らした。部屋の中にはむき出しになった時計台の機械、それに教室にあるのと同じ机と椅子が一組とピアノがあった。宗像さんはスマホの明かりを頼りにずんずんと歩いていき、壁にあるスイッチを発見。電気は生きていて、機械室には明かりがともった。

「そっか、幽霊はここでピアノを弾いていたんだね」

彼女のそんな言葉を無視してあたりを見渡す。時計台の裏側はいくつかのギアが絡まり、ある種の不気味な姿をかもしだしている。動きは止まったまま動く気配はない。それはまるでこの小さな部屋に何年も置き去られてしまった、時間を止めたままだというメタファーを示しているようでもあった。机の上には革張りの分厚い本がある。これは……おそらく独伊辞書なのだろう。元文芸部部室の棚から抜き取られた中身はこんなところにずっと置き去られていたようだ。よく見ると辞書のページとページの間になにか紙が挟んである。僕はその紙が挟まれているページを開いて見た。そのページの一角に付箋が張られてある。

Ich liebe dich ―― Ti amo

ドイツ語をイタリア語で説明されたところでなんて書いてあるかなんて到底わかりっこない。

「さっぱりわからん」

「ああ、これね。これはそうね。日本語に訳すのならば『月がきれいですね』っていうところかしら」

「宗像さん、読めるのか？」

「まあね。アタシは料理でヨーロッパの方に留学を考えているから少しぐらいなら……それより、そっちの紙……」

そっちの紙とはその辞書に挟まっていた紙。二つ折りにされていたものを開いて見ると

そこには、

『空を越えて死との狭間《はざま》の世界で君を待つ』

「何これ。気味が悪い言葉ね。あれかしら、この部屋でピアノを弾いている幽霊の呪いの言葉？」

「宗像さんがそう言うんならそうじゃないのか？」

「え？」

――我慢しきれなくてついに言ってしまった。

「だからさ、ピアノを弾いていた幽霊の正体は宗像さんなんだろ？」

「え、えっとー……」

「いいんだ。もうとっくに気づいていたから」

「い、いつから？」

「うん。まあ最初にそう思ったのは昨日かな。昨日僕たちが部室にいた時にピアノの曲が流れていただろう？　あの時旧校舎にはたぶん僕たち以外誰もいなかっただろうし、栞さんは僕の目の前にいて完全なアリバイがある。にもかかわらずピアノの音楽が終わってそのあとでタイミングよく登場したのが宗像さんだ。そんなの考えるまでもないよ」

「いや、ふつうは幽霊だって考えるでしょ」

「いや、ふつうは考えないよ。幽霊なんていないんだからね。それに、さっきにしてもそうだ。僕たちがあの日記帳を見つけた時、宗像さんはすぐに『早く開けてみて』と言ったんだ」

「それが、どうかした？」

「あの日記帳にはダイヤル式のカギがかけられていた。にもかかわらずすぐに開けてみようというのはおかしいよ。まるで初めからダイヤルの鍵が開いた状態になっていることを知っているみたいじゃないか。普通なら『ダイヤルの鍵は何かしら』とでも言うべきだろう」

「あ、ああ……」

「今にして思えばあの時僕が見た機械室の狐火《きつねび》はスマホのバックライト。宗像さんは自分でこの部屋の鍵を開けては中に侵入してピアノを弾いていただけだな。残念だけど世の中は推理小説のようにはうまくいかない。大体の策謀なんてそううまくはいかないものさ。それに、もし策謀がうまくいったのなら、名探偵なんているわけのないこの日常では完全犯罪として成立してしまい、それは誰の目にも留《と》まることなく、解き明かされることなく闇に消えていくだけだよ」

「うーん。なんか、くやしいな」

「悔しがらなくてもいいよ。むしろ、ありがとう、楽しかったよ」

「そう、言ってもらえるなら……っていうかそうじゃないからね。アタシは初めからユウを楽しませようと思って計画したわけだから、むしろユウが楽しかったっていうんならアタシの勝ちだし……」

「それよりさ、あの曲弾いてくれないかな。『ムーン・リバー』。僕はあの曲が好きなんだ」

「うーんしょうがないなあ。ほんとはあんまり弾きたくないんだよね。このピアノ、ラとシの調律がくるってるんだもん。長く使っていなかったから仕方ないんだろうけれど」

彼女は軽快にその小さな指を古びた鍵盤の上で踊らせた。

〝ムーンリバー〟それがジョージア州に実在する川の名前だということを当時の僕は知らなかった。僕は勝手にその旋律から川の水面に映し出される月の姿を想像した。

空のはるか彼方《かなた》にある月よりは手の届きそうなところにあるけれど、それは所詮実在しないもの。手が届いたとしてもやはり触れることなどできない虚像に過ぎないものだと感じた。

そんな川を、オードリー・ヘップバーンは渡るのだと映画の中で歌っていたのだ。

そして彼女のピアノを聞きながら、僕はふと考えてみた。まだ小学生の頃に一度江戸川《えどがわ》乱歩《らんぽ》の『少年探偵団』シリーズを読んだことがあるのだが、最近になって読み返した時にふと違和感を覚えたのだ。

子供の頃の僕は少年探偵団を率いる明智は人望が厚く、正義感の強い聖人君子のような人物だと思い込んでいた。しかし、『D坂の殺人事件』をはじめ『屋根裏の散歩者』や『心理試験』といった作品に出てくる明智小五郎は少し違う。やはり傲慢でしたたかで口先だけで人を意のままに操る狡猾《こうかつ》な印象を受ける。これでは美学の確立した怪人二十面相の方がよほど親近感が持てる……。というか、これってもしかして真犯人は明智小五郎？

そんな思いがするシーンがいくつかある。『D坂の殺人事件』では明智はずっと犯人だと疑われているが最終的には思いもよらない、いや、むしろ納得しづらいような真犯人が出てくる。しかも自首だ。

明智は口先の上手《うま》い男だ。そう、アガサ・クリスティ最後の傑作『カーテン』の犯人のように周りの人間に殺意を抱かせるような巧みな話術を持っているとさえ感じた。『D坂の殺人事件』の中で真犯人が自首する前に犯人が明智と会って話をしていると思われるシーンがある……。この時に明智が何かを言うことによってその犯人は殺人を犯したのが自分だと錯覚してしまった。というのは考えられないだろうか。あるいは明智が犯人と被害者両方をそそのかし、死者が出るような状況を作り出したとは考えられないだろうか。『屋根裏の散歩者』の郷田《ごうだ》にしても明智が犯行をそそのかしたという見方だって十分できる。

『少年探偵団』シリーズにしたってそうだ。僕は今まで、そのシリーズを随分と陳腐で子供騙《こどもだま》しなストーリーだと高を括《くく》っていたが、よくよく読めば明智小五郎と怪人二十面相は同一人物ではないかと思えてくる。つまり、一人の私立探偵が警視総監にまで上り詰めるために、怪人二十面相という架空の犯人をでっち上げた明智小五郎による自作自演の物語。

いや、むしろそうでない限り実現不可能なトリックだってあるように思える。

もちろんそんなことは作中に明記されているはずもなく、決定的な証拠の一つだってない。

だが、乱歩自体が完全犯罪について研究していたことから考えても、明智が完全犯罪を成し遂げた物語、というものをつくっていたとして何ら不思議がないような気もするのだ。

今回宗像さんが仕掛けた自作自演の悪戯《いたずら》では僕をだましきることはできなかったけれど、もし、本当に明智ほどにしたたかな人物がそれを仕掛けてきたならどうだろう。それは、きっと恐ろしいことなのかもしれないけれど、騙された方がそれに気づかなければ完全犯罪は成立するわけで、もしかすると僕はそのしたたかな誰かにまんまと騙されているのかもしれない。

『春琴抄』（谷崎潤一郎著）を読んで　鳩山遥斗

目の見えない三味線奏者の春琴《しゅんきん》とその身の回りの世話をする丁稚《でっち》の佐助《さすけ》。佐助が春琴に献身的に仕えるという生活の中で、ある日春琴は顔に大きなやけどを負ってしまう。やけどを負って醜くなってしまった春琴は佐助にその顔を見られたくないと言い、佐助は自分の目をつぶす。マゾヒズムを超えた耽美《たんび》な物語。

——イニシャル『S』のその意味は。

ぼくがこの本を読むきっかけになったのは友人のゆーちゃん、竹久優真《たけひさゆうま》の薦めだった。ゆーちゃんはずるい人間だ。いつも後からやってきてはおいしいところを全部持っていく。なにをやらせても器用で、これといって特別な人間というわけでもないのにいつも決まってすべてに恵まれる。

高校生になって別々の高校に通うようになって、接点こそ少なくなったものの、かろうじてつながりのあったゆーちゃんはそんなぼくに決して少なくはない刺激を与え続ける。

イニシャル《S》から始まるその人は、とある雨の降る日にぼくの前に現れた。

暗く、鬱々としたぼくの青春の前に現れて、すべてを雨とともに洗い流し、そこに一筋の晴れ間をのぞかせた。


七月に入ってもいっこう終わる気配を見せない梅雨の日々、ちょっとした晴れにぼくは油断してしまった。学校へと向かうギリギリの電車で偶然ゆーちゃんと乗り合わせた。

中学時代、二人はいつものように一緒にいたのだけれど、考えてみればなぜゆーちゃんのような人がぼくなんかと一緒にいたのかわからない。

現に、高校に入ってぼくの傍《そば》から離れたゆーちゃんは、高校では完全無欠と言っていいほどのリア充なグループに身を置いている。普通に過ごしていれば、僕なんかとは決して接点など存在しないようなグループ。

いまさらながらに深い溝の存在を知ったぼくは身の程をわきまえ、どうやって声をかけていいのかもわからない。はずまない会話に追い打ちをかけるように窓の外には雨が降り始める。

ぼくは傘を持っていなかった。それに対して、こんな時でもちゃんと傘を持ってきているゆーちゃんはやはり完璧だ。

電車を降り、一人駆け足で駅の売店に走ったが、小さな田舎の駅の売店では急な雨が降ると簡単に傘は売り切れてしまう。

売店の前で肩を落としたぼくは自分の生まれの不幸を呪い、雨に打たれる覚悟を決めた。

「ねえ、君。傘ないの？　よかったらこれ、使いなよ」

そんなぼくに声をかけてくれた少女。見ればゆーちゃんと同じ芸文館《げいぶんかん》高校の生徒だ。まるで太陽を連想させるかのような健康的な肌色の完全無欠の美少女だった。

本来、ぼくなどに声をかけることなどありえないようなその美少女は、その手に持った赤と黄色のストライプ柄のかわいらしい傘をぼくへと差し出す。

「そ、そんな、つ、使えないですよ……」

「いいから、いいから」

「だ、だってあなたにそんなことをしてもらう理由がありません！」

「理由？　そんなのって特に必要？　うーん、そうね。それを強いて言うのならば、誰かにカシをつくるのがアタシの生きがいだからってのはどう？」

「そ、そんなことを急に言われても……。そ、それにこれをぼくなんかに貸してしまったら、あなたはどうするんですか！」

「いやいや、アタシはちゃんとほら」と、鞄《かばん》の中から折り畳みの傘をのぞかせた。「そんなわけだからその傘はあんたに貸したげる。じゃあね！」

傘をぼくに押し付けるように手渡した彼女は、そのまま芸文館高校のある駅北口へと走り去っていった。

ぼくはその日、少し恥ずかしかったけれどその赤と黄色の傘を差して学校へと行った。

放課後、すっかり雨の止《や》んだ東西大寺《ひがしさいだいじ》駅の構内で、僕はしっかりと乾かした赤と黄色のストライプの傘を手にうろついていた。あの、名前も知らない美少女に一言お礼を言って傘を返すためだ。

それ以上のことは望んでいない。ぼくはそれほど身の程をわきまえないような奴《やつ》じゃない。

「あれ、ぽっぽっぽ君じゃん！」

と、ぼくの名をわざと間違えて呼んでくるのはあみこさんだ。

あみこさんとは『ぶちすげえコミックバトル』で知り合った。ぶちすげえコミックバトルというのは地元で行われている同人誌とコスプレのイベント。いわゆるコミケだ。

あみこさんはブースで一人、自作の同人誌を販売していた。その姿があまりにも初恋の人に似ていたせいで思わず彼女に近づいた。

黒髪の文学乙女。ミヤミヤこと若宮《わかみや》雅《みやび》さんはぼくの初恋の人。

中学時代、彼女はいつも一人で図書室にいた。ぼくは読書家というほどではないけれどライトノベルなんかは結構読んでいるし、きっとミヤミヤとは趣味が合うんじゃないかと考えていた。だけど積極的に話しかけるほどの勇気のないぼくは彼女に想《おも》いを伝える方法を考えていた。

彼女は読書家で、きっと彼女にアピールするならこの方法しかないと考えた。

ぼくは最近自分でラノベを書くことに挑戦し始めた。まだまだ未熟ではあるけれどそのセンスに絶望するほどではないと思っている。そこでミヤミヤに対するぼくの気持ちを小説風にして書きしたため、それをあたかも買ってきた本のページに見えるような紙に何枚も印刷した。

彼女が放課後毎日過ごす図書室の真上は屋上で、その印刷した紙を紙飛行機にして飛ばす。校舎の屋上を旋回した紙飛行機はぼくの思いを乗せて図書室のベランダの戸をノックするのだ。

しかし、そうそううまくは事が運ばない。友達のゆーちゃんはそんな僕のたくらみを知らず、一緒になって紙飛行機を折っては屋上に飛ばした。

やがて、ゆーちゃんの折った紙飛行機が計画通りに図書室のベランダの戸をノックした。だけど、ぼくの計画はそこから先を考えてはいなかった。ぼくの書いた文章が、紙飛行機となってミヤミヤのもとに届いたことで悦に入っていた。

「ちょっととってくるわ」

ゆーちゃんが言った。

「いいよ。別に紙飛行機くらい」

ぼくの言葉を聞かずゆーちゃんは小走りに図書室へと向かった。

「いいって、べつにー」

ぼくの言葉は届かない。しばらくして一人屋上で立ち尽くすぼくのもとへ帰ってきたゆーちゃんはそそくさと荷物をまとめて帰ると言い出した。

――いやな胸騒ぎがした。

しばらくしてぼくも帰ることにした。今日やるべきことはとっくに終わっている。下駄《げた》箱で靴に履き替えているところにミヤミヤがやってきた。ぼくの心臓は今にも飛び出しそうになる。

ミヤミヤは言った。

「ねえ、竹久君。知らない？」

ぼくがゆーちゃんと仲がいいことくらいは彼女も知っているのだろう。だからぼくのところへゆーちゃんのことを聞きに来たのだ。でも、ミヤミヤとゆーちゃんが話しているところなんて今まで一度だって見たことがない。

ミヤミヤの手には、開いた後、丁寧にしわを伸ばした紙飛行機があった。

ぼくの思いは確かに届いた。でも、たぶんミヤミヤはそのメッセージを送ったのはゆーちゃんだと思い込んでいるのだと悟った。

「その……、その紙飛行機のことなら書いたのはゆーちゃんじゃないよ」

「え……」

——それを書いたのはぼくなんだ。

とは、さすがに言えなかった。恥ずかしすぎて、ミヤミヤの顔をまともに見ることなんてできない。逃げるように視線をそらし、たまたま目に入った人の名を出す。

「片岡《かたおか》君だよ。あいつに頼まれてぼくたちが紙飛行機を折って飛ばした。それだけだよ」

「そう——なんだ」

「うん」

ぼくはそれだけ言い残して立ち去った。

きっと、ゆーちゃんにだけは負けたくなかったんだと思う。それでも結局のところ二人はすっかり仲良くなって、そこにぼくの入り込む隙間なんてなくなってしまったのだ。

ぼくの初恋はこうして終わった。


あみこさんはミヤミヤとよく似ていた。黒髪で透き通るような白い肌。寡黙でありながらきっとその瞳の奥で様々なことを考えてる様子だった。

一人さみしそうにブースで同人誌を販売している姿にひかれて近づき、彼女の描いたという本を二冊購入した。その時、少し様子がおかしかったので思わず声をかけた。

あみこさんはずっとトイレにいきたいのを我慢していたようだ。一人でいたらしくなかなか離れるわけにもいかない。ぼくは店番をすることを申し出た。ブースに一人で座っている時に自分の犯した罪に気づく。あみこさんの描いている同人誌はR－18のBL漫画だった。

あみこさんはトイレから帰ってくるなり「つみこおまたせ！」と言った。

後ろを振り返ったが誰もいない。どうやらぼくが〝つみこ〟らしい。

その名前の意味はすぐにわかった。あみこさんが販売している同人誌の著者名は〝あみこ&つみこ〟で、彼女は「つみこおまたせ！」と周りに聞こえるような大きな声で言うことでぼくをその同人誌の共著者に仕立て上げてしまったのだ。そしてそのまま一日あみこさんの販売を手伝いすっかり仲良くなってしまったのだ。

あみこさんは隣の学校、芸文館高校の一つ年上の先輩だった。


「あれ、ぽっぽっぽ君じゃん！」

ぼくのあだ名は〝ぽっぽ〟。ゆーちゃんがつけたあだ名だ。決して気に入っているわけじゃないけど嫌というわけでもない。少なくとも〝つみこ〟と呼ばれるよりはだいぶマシ。

「あみこさん、こんなところで何してるんですか」

「うーん、実はねえ。今日は部室を取られちゃって」

「部室を取られた？」

「まあ、取られたといえば語弊があるのだけれどもさ。今日の放課後部室を使いたいから欠席してほしいっていうんだよ。それで行き場をなくしたあーしはこんなところをふらふらとしているわけさ」

「ふーんそうなんですか」

「あ、そういうわけでさ。もし、ぽっぽっぽ君があーしをデートに誘おうっていうんなら一緒にお茶してもかまわないよ。もちろん、ぽっぽっぽ君のおごりならってことだけど」

「ずいぶん厚かましい申し出ですよね」

「だって君はそうしたいんだろ？」

あながち、否定はできない。強いて言うならばあみこさんがこんなことを言い出さない限り、ぼくは彼女をデートに誘ったりなんかしない。そんな勇気はない。傘をあの元気な子に返したいとは思うものの、何の算段もなくここで待っていることに無意味さを感じていたところだ。

「わかりましたよ。そんなの半ば脅しているだけみたいですけど仕方ないので誘いますよ。誘わせてください」

「うん、そうとなれば――」

「何か甘いものでも――ですよね」

「わかってるじゃないか」

そのくらいはわかっている。わかっているからもしもの時のために近くに何かいい店がないかと探してはおいた。無論。本当に下調べしておいた情報が役に立つ時が来るなんて本気では考えていなかったのだが。ともかく、ここからすぐ近くにタルトタタンなるりんごのスウィーツが看板のお店があるということがわかっている。

駅の北口は比較的に栄えた通りだが、対して南口を抜けた先はそのほとんどが田畑とささやかな住宅街。その住宅街の中にひっそりとたたずむ小さな喫茶店。

〝リリス〟と書かれた看板の下に申し訳なさそうに営業中の札がぶら下がっている。

立派なのはその大きい木製のドアだけ。リンゴの周りをぐるりと取り巻く蛇の上半身は長い髪の女性のシルエット。この〝リリス〟という店のロゴマークだろう。

入り口すぐには小さなケーキの並んだショーケースがあり、カウンター席と四人掛けのテーブルが二つあるだけの小さな店だ。ジャズのレコードが小さな音でかかっている。ぼくたち以外にお客はいない。

静かな店内で、タルトタタンなるりんごのタルトとコーヒーが運ばれてきた。会話は弾まない。ぼくはおろか、あみこさんだってそんなにしゃべるタイプの子ではない。それでも、一つの時間を共有できているのだと思えば割と嫌な空気でもなかった。

そんな沈黙を打ち破るようにカランカラン、とブリキのドアチャイムが鈍い音を立て、新たなお客さんがひとりで入ってきた。

芸文館の制服を着た女子生徒。それは、まさしくあの赤と黄色の傘の元気な少女だった。あまりに驚いたぼくはその場に立ち上がり「あ、あの！」と声をかけた。

一瞬首をかしげた彼女は離れたところからぼくのことを見て、「えっと、ごめん。誰だっけ？」と言った。

彼女は、ぼくのことは憶《おぼ》えていなかった。しかし、それは無理のない話だ。

「あれ、せなちー」

あみこさんは声をかけると「あ、しおりん」と返事をした。あみこさんの本名は確か『あおいしおり』という名だ。『あみこ&つみこ』は漫画を描く時のペンネーム。

「ところでせなちー、計画はうまくいったのかな」

「うん、まあ、一応はね」

二人は知り合いらしかった。あみこさんに部室を使わせてほしいと言ったのは彼女なのだろう。

「あ、あの……傘を……」

ぼくはすかさず手元にあった赤と黄色の傘を手にとり、彼女の方に差し出した。

「あ」という表情を見せた彼女はぼくのことを思い出したらしい。しかし同時に少し表情をこわばらせ、一瞬の沈黙の後ぼくの手から傘をもぎ取るとすかさずトイレに駆け込んだ。

数秒でトイレから出てきた彼女は何事もなかったような無表情。立てた人差し指を固く閉じた唇の前に立てていた。その手に傘は持っていない。

カランカランと音を立て再び入り口のドアが開くと、そこにはぼくの知っている人物が立っていた。

「ゆーちゃん」

「あれ、ぽっぽじゃん」

「そうか、ポッポくんはユウの友達なんだね！　じゃあ、友達の友達は皆友達ってことでアタシたちは友達だね！　アタシは宗像瀬奈《むなかたせな》！　瀬奈って呼んでくれたらいい！　よろしくね！」

健康的で可愛《かわい》らしい子は薄い胸を反らしながら手を差し出してきた。少し照れながらも指先だけで軽く握手をした。

ゆーちゃんを中心に皆が知り合い同士だったぼくたちは同じテーブルに着く。

「ところでぽっぽっぽ君はたけぴーとはどういう関係なのかな？」

「ええっと、ぽっぽとは中学の同級生でさ――」

「ああ、ちがうちがう。つまりはあーしが聞きたいことはどっちが〝攻め〟で、どっちが〝受け〟なのかという関係性なんだけど」

「いや、なんでそうなるんですか。そんな関係なわけないでしょ」

　あきれるように言い放つゆーちゃん。さすがにあみこさんの扱いに慣れている様子だ。

「いやいや、アナガチそうとも言い切れないんじゃないのかい？　たけぴーがそう思っているだけでぽっぽっぽ君はそうは思っていないかもしれないよ。ひそかにたけぴーのことを狙っているアナガチ勢かもしれない。現にぽっぽっぽ君はBL漫画を買いあさるのが趣味らしいから」

「い、いや、それは――」とはいってもはっきりと否定しがたい。

「栞《しおり》さん、それよりさっきからやけに『アナガチ』という言葉を強調してますけど、どうせまたくだらないことでも考えてるんじゃないですか？」

「おや、さすがにたけぴーはツッコミどころが適切だね。ということはたけぴーはノンケでぽっぽっぽ君だけがアナガチ勢？」

「……もしかして『アナガチ』っていうのは『穴が違う』の省略？」

「うん、流石《さすが》たけぴー。読書家だけに読みが深いね」

「何言ってるんですか、栞さんの底が浅いだけですよ」

「あら言ってくれるわね。あーしのあそこが浅いだなんて、いくらセフレでも言っていいことと悪いことがあるというもの」

　横で聞いていて、この輪の中には入りにくいなと感じる。ゆーちゃんは高校で一体どん

な生活を送っているのだろう。

「あ、ポッポくん！　もしかしてそのタルトタタン食べないの？　食べないならアタシもらってもいいかな？」

猥雑《わいざつ》な会話が繰り広げられている横で平然としてケーキを平らげ、あわよくばぼくのケーキにまで手を付けようとする瀬奈さんという人もたいがいかもしれない。

しばらく談話を続けていくうちに読書の話になった。瀬奈さんはともかくあみこさんはそれなりに本も読んでいるらしい。ぼくはライトノベルは割と読む方だが一般文芸はあまり手を出さない。古典文学に関してはからっきしだ。そこで何かおすすめはないかとゆーちゃんに聞いてみた。

「んー、そうだな。谷崎潤一郎《たにざきじゅんいちろう》なんてどうかな？　あれってなんとなくライトノベル的な魅力的なヒロインの話が多いんだよね……。『細雪《ささめゆき》』なんて美人四姉妹とのウハウハハーレムな話だし、『痴人の愛』は小悪魔的美女に振り回される話だし、他にもとんでもないヘンタイ脚フェチの話だったりいろいろあるけどまあ、僕としてのおすすめはやっぱり『春琴抄《しゅんきんしょう》』かな。ツンデレ美女とヘタレ青年のハートフルラブコメディーみたいなもんだよ」

「『春琴抄』か」ぼくはそのタイトルをスマホにメモした。

「『春琴抄』の話かい？」

コーヒーのお代わりを頼んでやってきたマスターが不意に話に割り込んできた。

「『春琴抄』にはこんなエピソードがあるのを知っているかな？　この作品が書かれた時代の日本では政治運動が盛んに行われていた。特に文壇に立つ人間はその作品で大きく世論を動かす力を持っていて、国は彼らに対して厳しく目を光らせていたんだ。谷崎潤一郎と仲の良かった小林多喜二《こばやしたきじ》もその頃逮捕されている。

そのタイミングで書かれた『春琴抄』の、時代をよく考えて読んでみると、佐助が目を突いたと思われる時期に〝桜田門外の変〟が起きている。当時世間を大きく騒がせた事件だがあの話の中でそのことには全く触れられていない。

つまりこれは谷崎自身、周りで政治的になにが起きようとも自分には関係ないのだ、という主張ではないかと言われているんだ。まあ、作家というのは因果な商売だよ。筆舌を尽くして世の中に言葉を送り出す職業なのに、世間の風潮だとかでその言葉を封じられてしまうことが多々ある。これでは思ったように仕事なんてできないだろう。ここ岡山県の誇りである横溝正史《よこみぞせいし》にしてもそうだろう。彼は戦争のために書きたいことも書けず岡山に疎開してきて俗にいう『岡山もの』を書いた。彼の著作の多くに戦争で体が不自由になったものが多く出てくる。あれは戦争のはびこる世間の中で書きたいことを書かせてもらえなかった作家のメタファーなのかもしれないな」

そんな話をゆーちゃんは食い入るように聞いていたが、ぼくを含め他三人にはあまり興味のない話のようだった。そして、彼の発言は自身が文学好きだと主張しているに違いなかった。誰かがマスターに対し、読書家なのかといった質問をして、それを否定することもなく、むしろかつて小説家になることを夢見た時代もあった、というようなことを話した。最後に、「昔のことだけどね」と締めくくった。


「あーあ、アタシもちゃんと本とか読まなきゃダメかな……」

宗像さんはつぶやいた。

「ねえユウ、なんかアタシにお勧めの本ってないかな？」

「どんな話がいいんだ？」

「うーん、そーだね、字が少ないやつ！」

「言ってるそばから読書しようって気が感じられないな、それって……」

「じゃあさ、せなちー。いっそのこと童話を読むってのはどうかな？」

「童話？　それはよーするに子供向けの本を読むってこと？」

「ああ、それはいいかもしれないな」

「それってアタシのことを子供扱いしてる?」

「そうでもないよ。結構童話って深いことを書いていたりするもんなんだよね。子供の頃に読んだ童話とかって、大人になってもう一度読み返してみると『ああ、そういうことだったんだ』って思うことが少なくないんだよね」

「たとえばどんなの?」

「そうだな。やっぱり宮沢賢治《みやざわけんじ》は鉄板かな。『銀河鉄道の夜』はSFとして見てもやっぱり傑作だよ。宮沢賢治ってさ、『雨ニモマケズ』でなんだか聖人君子みたいな扱いを受けているけれど、あれは戦時中のプロパガンダで利用されて有名になっただけで、宮沢賢治の作品自体は結構な皮肉や毒が語られている気がするんだよね。なかでも『黄いろのトマト』なんて結構きつい。幼いペムペルとネリはただの黄色いトマトを黄金のトマトだと信じて大切にするんだ。でもそれがある日、ただの黄色いトマトだと知ってしまう。知らない方が幸せってこともあるんだなって考えさせられるよ。あとは『ツェねずみ』とか。自分は弱者で、そんな自分が幸せになれないのは強者達のせいなんだから生活の面倒を見ろと主張する。ああ、今の時代こそこういうやつっているよなって思うよ。瀬奈こそなんかないのか? 子供の頃好きだった童話とか」

「あー、学校でやったやつ……。そうそうたしか『てぶくろをかいに』って話」

「新見南吉《にいみなんきち》ってたしか『ごんぎつね』もそうだったよね。きつねが好きなんだな」

そこであみこさんがまた悪い癖で割り込む。

「『てぶくろをかいに』の中では名台詞《めいぜりふ》があったよね。学校の授業でそこを誰が朗読させられるのかでみんなドキドキしていたのを覚えているよ」

――でも確かに、そういう記憶はあった。

「そう、『おかあちゃん、おてがちんちんこする』ってセリフのこと」

「〝こする〟とは言っていない。〝する〟だ」

「うん、やっぱりたけぴーはツッコミどころが正確だ。ノンケだね。あーしは童話と言えばあれが好きだった。たしかアンデルセン童話だったかな、『マチウリの少女』」

「ああ、『マッチ売りの少女』ね。アタシもあのおはなし好きだったな」

「いいよね。貧乏な少女が街に出て売りをする話だよ。少女が誰もいない路地裏に行ってマッチ棒をこする度に御馳走《ごちそう》にありつけるんだよ。でも最後に少女は天国へとイッテしまうお話だ」

「栞さん。もう、そのあたりにしておいた方がいいかな」

「うーん、つれないねえ。でも童話と言えば芥川龍之介《あくたがわりゅうのすけ》の『蜘蛛《くも》の糸』ってのがあるわね」

その言葉に、ゆーちゃんが少し目の色を変えた。

「あーしが思うにはさ、カンダタはたいしていいことなんてしてないのに蜘蛛の糸という救いを与えられたんだけど、そんなら誰だって救われて当然なんだよね。それなのにカンダタにだけ救いが与えられたっていうのはつまり、カンダタは悪人は悪人でもとびきりの悪人で、お釈迦様《しゃかさま》もどうにか救ってやらなければと思わせるほどの悪人だったということだよ。つまりはなんにしてもその他大勢になっては意味がないということなんだよね。たとえ悪いことでも誰かの目に留《と》まるほどの悪人でないと救われるチャンスさえ与えられないんだ。それにもっとひどいのはカンダタ以外の罪人だよ。自分の力で目立つ努力もしないで他人に与えられた蜘蛛の糸にすがろうとしているんだ。当然、救われる資格はないね。そういう烏合《うごう》の衆に足を引っ張られてカンダタもまた地獄から抜け出るチャンスを奪われてしまうんだよ。

あれは何も地獄の話とも限らない。この世の中だって似たようなものじゃないのかな」

「まったく。栞さんはひねくれているよね。まあ、僕が言えたことではないかもしれないけど」

「あのさ、口をはさむようで悪いんだけど、蜘蛛の糸はね、切れないいんだよ」

ぼくは言ってみる。

「切れない？」

「そう。たとえ下から罪人が何人も登ってきたところでね。いい、蜘蛛の糸っていうのはね、実は自然界が作り出す最強の物質なんだ。その強度は鋼鉄よりもはるかに強く、ナイロンのような伸縮性を持っているというとんでもない物質なんだ。天界からたらされた蜘蛛の糸をカンダタがよじ登ったと書かれてあるけれど、本来の蜘蛛の糸はとんでもなく細い、それを摑《つか》んで登るというのだからその垂らされた蜘蛛の糸というのはおそらくそれなりに太いものだったのだろうと考えると、その強度には十分の信頼度があると言っていい。つまりあの話はＳＦなんだよ。知ってる？　蜘蛛の糸を人工で生成してその糸を織り込んだ防弾ベストのこと。軽いうえにものすごく丈夫なんだ」

「そうか、蜘蛛の糸は信用していいか……」

「ねえ、アタシ思ったんだけどさ」瀬奈が言う。「カンダタは下から上がってくる罪人なんて気にしなければよかったんじゃないかな。糸が切れてしまうかもしれないなんて心配するくらいなら下にいる人たちを振り落とすことよりも、糸が切れる前に上りきることに専念すればよかったのよ」

それからまたしばらく話をしてからゆーちゃんが立ち上がった。

「じゃ、僕はそろそろ帰るよ。ぽっぽはどうする？　一緒に帰るか？」

「いや、遠慮しておくよ。ぼくはもう少しゆっくりしてから帰る」

「うん、そうか」

ひとりで立ち上がり、店を出ようとするゆーちゃんの後について、当然のように瀬奈さんも店を出ようとした。そこでぼくは返したはずの傘を彼女が持っていないことを思い出したのだ。確か、トイレに入ってから……そのまま忘れてしまっているんじゃないだろうかと思い、それを告げようと立ち上がる。

声を出そうとした時に、テーブル席の下で向かいに座っていたあみこさんがぼくの脛《すね》を蹴り飛ばした。思わずあみこさんの方に向き直ってその目を見て悟った。『余計なことをするんじゃない』と言っているのがわかった。二人が立ち去ってから、あみこさんに何か言おうとした時にそっと教えてくれた。

「心配はない。せなちーのことだ。鞄《かばん》の中に折りたたみ傘くらいは持っているんだろう」

「……能ある鷹《たか》は傘を隠す」

「いや、それを言うなら『能あるタカは加藤鷹《かとうたか》』が正解だ」

ぼくは大きくため息をついた。きっとこんなだからあみこさんには友達が少ないんだろうと思う。

あのあとすぐにぼくは『春琴抄』を読んでみた。

『春琴抄』の佐助は世間一般ではマゾヒストと言われているが、ぼくは少し違うような印象を受けた。たしかに春琴は佐助のことが大好きでサディスト的に佐助に接していると思う。春琴のイニシャルも《S》だ。では、佐助はどうか？　佐助は押し入れの中で三味線を弾きながら春琴のように目の見えない人間の気持ちを体験して喜んでいた。自分の目を突いた時も自分も視力が失ったことに喜んでいた。これはマゾヒストというよりは単に春琴に憧れて、自分も春琴になりたかっただけなのではないかと思う。となるとこれは単なる佐助の自己満足〝Self satisfaction〟で、その意味での《S》ではないか、佐助のイニシャルのSは。

いやいや、そんなことを言えば春琴の姓は鵙屋《もずや》なのでイニシャルはS・M。

――なんて、こんなひねくれた考察はゆーちゃんの受け売りみたいだ。ぼくは単にゆーちゃんに憧れて、ゆーちゃんみたいになりたかっただけなのかもしれない……。

その点に関して言えばあみこさんが言うように、僕はゆーちゃんのことが好きだといえるのかもしれない。もちろん、BL的な意味ではなくて。

ところで、そんなゆーちゃんの好きな人とは一体誰なんだろう？　中学時代から忘れられない想《おも》いを引きずる〝M〟なのか、それとも笑顔のすてきな〝MS〟なのか、今、ぼくの目の前にいる〝Sさん〟なのか……。いや、ひょっとすると他にもぼくの知らない〝S〟や〝M〟がいるのかもしれないけれど……

ふとぼくは自分自身のことを考えてみた。ぼくのイニシャルはH・Hだ。それはいったい何という言葉の頭文字だろうか。

ああ、そうだ。考えるまでもないよな。

H&Hといえば、ハイブリッド・ハートに決まっているじゃないか。

『グレート・ギャッツビー』（フィッツジェラルド著）を読んで

黒崎大我

誰もが憧れるような容姿端麗な謎の隣人ギャッツビー氏は毎日のように絢爛豪華《けんらんごうか》なパーティーを開催する。その内心にはある一つの崇高な目的があった。それは語り手ニックの親戚筋にして友人の妻デイジー、彼女こそがギャッツビーの忘れられないかつての恋人で、どうにか彼女を取り戻そうと画策していた。ニックはギャッツビーのために友人を裏切り協力をするが、結果として取り返しのつかない悲劇を起こす。

友人の優真《ゆうま》が、俺に薦めてくれた本だ。夏休みの課題に読書感想文というやつがあった。図書の指定はなく、元々読書をしない俺からすれば何を読めばいいのかがわからなくなる。そこで読書好きの優真に相談し、薦めてくれたのがこの一冊だった。彼の話ではギャッツビー氏が俺のイメージに合うというのだ。

しかし読んでみればこれはいささか俺に対する当てつけかのように思われた。

……きっとあいつは何もかも知っているんだ。知っていて俺に警告を発している。そうとしか思えなかった。

小さい頃から周りの目ばかりを気にしていた。周りの期待に応えることだけが目的で、周りがだめと言うことは絶対にしなかった。そのかわり周りが褒めてくれることなら何でもやった。気が付けば優等生と言われるようになり、周りの期待はさらに大きなものとなり、それに応え続けることをいつしか苦痛に感じるようになってしまった。

限界を感じた俺は初めて親に反発した。親の進言する白明《はくめい》高校の受験をやめ、有名進学校でも何でもない芸文館《げいぶんかん》高校に進学した。

そしてその時目の前に現れたのが竹久《たけひさ》優真だった。入学初日から遅刻、周りが友達作りに必死になるさなか焦っている様子もない。きっと自分というものを持っているからだろう。俺はそんな竹久がうらやましいと思い、友達になりたいと手を差し出した。

四月の最終日、世間ではゴールデンウィークと呼ばれる頃、この学園には春の文化祭がある。文化祭と言っても参加は自由で、その本質は各部活動の勧誘活動としてのイベントのようなもので、規模としてもささやかなものだ。

俺は初め、一人でこっそりと行こうと思っていたが、優真たちに誘われてみんなで行くことになった。だから俺は集合時間よりも早くに一人で学校を訪れた。

そしてそこであの人を見かけた。いや、正直に言おう。俺はその人にどうしても会いたかったんだ。この学校に通っていることは知っていたし、そもそもこの学校を受験した理由の一つでもある。

その人は学校の中でも随分外れた場所にある旧校舎で〝漫画研究部〟という部活動の勧誘をしていた。あの頃と同じく一人ぼっちだった。一人で新入生の似顔絵を漫画で描きながら、拙い言葉で新入部員を募っているようだった。おそらくは部員は彼女一人しかいないのだろう。人気《ひとけ》のないタイミングを見計らって勇気を出してその部室のドアを開けた。

「君、似顔絵描いてあげようか？」

まるで知らない人に声をかけるのと同じように彼女は声をかけてきた。まさか俺の顔を忘れてしまったなんてあるわけがない。

「……他人のふりですか、葵《あおい》先輩……」

「……葵先輩ね、その言い方自体がただの他人だと言い切っているようなものだよ。それにね、あーしは君のためを思って他人のふりをしてあげているんだよ。いや、別に本当に他人だしね」

「いまさら何を言ってるんだい？　あーしは部の勧誘で忙しいんだ。用がないなら帰ってくれないかな」

「その……似顔絵を……」

その場にいる理由がほしくて、表にあった張り紙を思い出した。

「ふう、仕方がないね。そういうことなら餞別《せんべつ》代わりに一枚描いてやることにしよう。そこに座りなよ」

促されるままに椅子に座り、葵もまた俺の正面に座る。そのままスケッチブックに黙ったままペンを走らせる。一度俺の顔を一瞥《いちべつ》しただけで二度目はもう見ない。デッサンスタイルは昔のままだ。ただ、あの頃の俺たちとはもう関係性が違う。俺が、修復が利かないくらいに壊してしまったのだ。それでも俺は……

「俺は今でも葵のことが……。それでこの学校に……」

言葉に出していた。

ペンを止めた彼女が睨《にら》むように顔を上げた。

「今更なんだっていうのさ。そういうの本当に迷惑だってわからないかな？　君もいい加減あきらめなよ。そもそも君は別にあーしのことをどうこうなんて思っていないんだよ。

ただ単につまらない罪の意識を勝手に抱え込んで前に進めなくなっているだけのことだ。もう過ぎ去った過去のことだし、君がそこまで抱え込むようなことでもない。どこにでもよくある話だよ。あーしは気にしてなんていない。

だからこれ以上あーしの前に顔を出さないでもらえないだろうか。

気持ち悪いんだよね。考えてもみなよ。あーしに会いにこの学校に来た？　頼んでもいないのに？　それって単なるストーカーじゃないか。そんなやつが同じ校内をうろうろしているなんて考えるだけでもぞっとするんだよ。

そうだね、君もいい加減そろそろ新しい恋人を作るがいいさ。君のことだから相手ぐらいいくらでもいるだろう。そうすればあーしに対するつまらない贖罪《しょくざい》の意識なんてすぐに消えるさ」

そう言って、スケッチブックのページを一枚切り離して俺に渡した。もう絵は描きあがっていたようだ。

「俺、こんなにひどい顔してますか？」

「今のあーしには、そういう風に見えるんだよ」

そこに描かれているのは間違いなく俺だ。しかし、月明かりに照らされている俺の姿は、その月に照らされた部分だけがまるで野獣のように牙を剝《む》き、血に飢えた瞳孔が獲物を探して光っている。皮膚は虎の毛に覆われ、すでに人ではないものへと化けてしまっているように描かれていた。

もう、俺のことが本当に嫌いなんだろう。それなのに俺は彼女の気持ちを考えもせずこんな学校にまでやってきて……。

もう、そこに俺の居場所はないのだと理解した。


昼過ぎになってみんなと合流し、他の部を見て回ったが、何か部活を始めようなんて気にはならなかった。

優真が旧校舎の方に行きたいと言い出した。なるべくならば俺はもう、あの場所に行くべきではない。笹葉《ささば》が行きたくないと言い出したことをいいことに、俺たちは別行動をとることにした。

食堂の前に二人取り残された俺と笹葉の間にしばらくの沈黙があった。やりたいことどころか俺には自分すらない……。劣等感は増すばかり……。笹葉と俺はそんな想いを共有していた。

「……なあ、笹葉……。俺たち付き合わないか？」

そんな色気も何もないような告白をした俺は、数日後、笹葉と付き合うことになった。俺自身が前へ進むため、葵につまらない不安を抱かせないため。いや、もしかすると優真の気持ちに気づいてなお、彼に対する負け惜しみという気持ちもあったのかもしれない。そしてそれを了承した笹葉もきっとなにがしか胸に痛みを感じているのだろう。でも、そうすることで俺は、俺たちはきっと前に進めると思っていたのだ。

結果として二人の交際は優真を遠ざけることになってしまった。優真は文芸部に入部した。時々顔を出すという宗像《むなかた》さんの話によると、優真は放課後毎日のように葵と二人きりで過ごしているらしい。

次第に焦りを感じ始めるようになった。目の前にいて、俺にやさしく微笑《ほほえ》みかけてくれる笹葉には申し訳がない。

あの静かな部室で二人は何をして過ごしているのだろうかと、頭にはそればかりが巡っていた。少なくとも、きっとあの話は聞かされているだろう。俺というくだらない人間が犯してしまった、犯してはならない罪のことを。

それを聞いた優真はやはり俺のことを見下すだろう。もう、友達などではいてくれないかもしれない。

俺は彼女を裏切った。弁明の余地はない。きっと彼女は俺のことを恨んでいるだろうし、優真が俺の友人であることは葵も知っているだろう。俺たちは校内で目立っていた。俺自身、外見のせいで多くの女子生徒から興味をもたれていることくらい理解はしている。笹葉にしても立てば芍薬《しゃくやく》座れば牡丹《ぼたん》、すれ違いざまに振り返らない男なんていない。だけど優真は俺にそのことをとやかく言うことは一度もなかった。知っていて、あえて知らないふりでもしてくれているのだろうか。

夏休みに入り優真といる時間は急激に減ってしまった。俺と笹葉は二人、すっかり置いてきぼりを食ったようになった。そんなある日、宗像さんが提案した夏祭り。八月の前半の週末にうらじゃ祭りという地元では大きなお祭りがあり、土曜の夜には花火大会もある。宗像さんは優真と合わせて四人で夏祭りに行こうと提案してきた。もちろんそれを断る理由もない。笹葉も楽しみにしている様子で新しい浴衣を購入することになった。

笹葉と二人、意気揚々とショッピングモールへと出向いた。金曜日の夕方、夏祭りの前日ともあって普段以上の賑《にぎ》わいだった。ところどころには半被《はっぴ》を着こみ、顔に彩色豊かなペインティング（うらじゃ祭りの参加者には鬼をイメージしたペインティングをする者も多い）をしている者すら見かける。

「……もっと早く買いに来るべきだったかな、もうだいぶ売り切れちゃってていいのが少なくなってるみたい……」

「笹葉なら何着てもきっと似合うよ」

「ッもう、そういうのってなんか投げやりっぽくて嬉《うれ》しくない。大我《たいが》もちゃんと考えてよ」

笹葉は不満そうに文句を言いながら、早くも20％の値引きの始まった浴衣を物色する。

「……ねえ、大我、聞いてる？」

「ん？　ああ、そっちの黒い奴《やつ》の方が……」

「あ！　あれ、カワイイかも」

俺の意見を聞いているのかいないのか、今度はガラスで仕切られた壁の向こうに掛かっている黄色い浴衣の方を指差した。薄紫のグラデーションがかかっていて、水色の蝶《ちょう》が描かれている。いかにも笹葉に似合いそうな華やかなデザインだ。ガラスの向こう側には店内をぐるりと迂回《うかい》しなければたどり着けない構造になっていて、笹葉は急ぐように小走りで向かっていった。俺は後を追い、ゆっくり歩きながらその場所へ向かった。

そのわずかな時間に、入れ違いでその浴衣を手に取った客があったようだった。見つけた浴衣を目の前にしながら、あと少しのところで手に取り損ねた笹葉は、少しばかり呆然《ぼうぜん》としていた。そんな笹葉を見かねてか、その客は彼女に向けて浴衣を差し出した。

「ひょっとして君もこれがお気に入りだったのかね。どうやら君とは趣味というか、好みが似ているのかもしれないね。どうだい？　そう思うだろう？　彼氏君」

「……あ、葵……先輩……」

「え？　何？　大我、知りあいなの？」

「ああ、俺の中学の頃の先輩で、優真のいる漫画研究部の部長だ」

「そう。黒崎《くろさき》君の中学時代の単なる先輩。だから今回、この浴衣は君に譲ろう。地味でヲタクなあーしにはいかんせん派手すぎる。……これでも身の程をわきまえているつもりだからね。その点君なら申し分ない。どんなに華やかなものを身に着けたって見栄えするだろう……。そう思うだろう？　黒崎君」

葵はその黄色い浴衣を笹葉に押し付けるように渡し、踵《きびす》を返した。そこに聞き馴染《なじ》みのある声が聞こえた。

「ああ、こんなとこにいた。まったく、栞《しおり》さんはなんでいつもそうやって急にいなくなっちゃうんですか……」

息を切らしながら駆け寄ってきたのは優真だ。

「あれ？　大我……。それに笹葉さんも。なんでこんなとこに……って聞くまでもないか」

「た、竹久……。そ、その……ふ、ふたりで買い物なの？」

「ん？　あ、ああ、その……前に言ってた部活の先輩だよ」

「も、もしかして……その……二人はどういう関係なの？」

「おや、どういう関係かと聞かれればそれはもう……」

「あ、わ、わ、ちょ、」葵が答えようとするのを優真は必死になって止めようとしている様子だった。葵はさらりとかわすように続きを答えた。

「……単なる恋人同士だよ」

「あ？　ああ、ああ。そうそう、単なる恋人ど……え？」

葵の宣言に優真は肯定した。その瞬間、自分でも何が何だかわからない……が、たぶんそれは〝キレた〟というやつなのかもしれない。急に喉の奥がひりひりと痛み、目の奥が熱く感じられたと同時に言葉を荒らげていた。

「なあ、優真。友達としてはっきり言っとくけど、こんな地味な女のどこがいいんだ？」

思ってもない言葉。そして言ってはいけない言葉。かつて自分が言われて最も苦しかった言葉……

「あのさあ、大我……」明らかに優真の声のトーンが落ちた。彼のそんな声を聞いたのは初めてだったかもしれない。

「友達として言っておくけど、栞さんの良さがわからないようじゃお前もまだまだだな」

「ちょ、ちょっとやめてよ。ふたりとも……」

笹葉の言葉はもう俺にも、きっと優真にも届いていなかった。

「あーしたちはひとまずこの場を離れた方がよさそうだ。行こう」

葵は優真の腕を引っ張りながら立ち去っていった。

優真ははっきりと言った。俺があの時言えなかった言葉を……

そのまま買い物を続ける気分ではなくなってしまった。俺と笹葉はそのまま帰ることにした。笹葉の家は近くなので歩いて家まで送ることにした。思うところもあり、一言も口をきかないまま歩いた。歩きながら昔のことを思い返していた。


あれは二年前。中学二年の初夏の頃だった。

放課後に下駄《げた》箱を開けると一通の手紙が入っていた。いかにも女の子らしい白とピンクの便箋だった。特に中を検《あらた》めるまでもない。それが大体何を意味しているかくらいわからないでもない。黙って鞄《かばん》にしまう姿を隣で眺めている友人、木野敏志《きのさとし》が口を挟んだ。

「おいおい、またかよ。お前、いい加減にしろよな。うちの学校のカップル不成立の高さはお前のせいだからな。お前もいい加減一人に絞れよ。そうすりゃあこっちにだって少しはまわってくるかもしれねーだろ」

別に俺だって好きで特定の彼女をつくらないというわけではない。それはつまり……

「あ、あの……。ちょっとお話があるんですけどいいですか!」

いつの間にかよく知らない女子生徒がすぐ近くにいた。まだあどけない表情はほとんど子供にしか思えない。たぶん一年生なんだろう。

もちろんこういう状況にだって慣れている。これから何が起きるのかということだってもちろんわかっている。

「ああ、じゃ、オレ、いつもんトコ行ってっから」

木野にしてもそれは理解している。だからこうして気を利かせてその場を立ち去った。

用事を済ませていつもの場所へ向かう。体育館裏の倉庫の前、バスケットゴールが二つ置かれた場所。普段は人が立ち入ることはめったにない。特に趣味もなければ部活動もしていない俺と木野は、ただただ毎日の暇をつぶすためにバスケットボールを片手にダラダラとダベッている。もちろん本気でバスケをしようなんて思っていない。思っているくらいならバスケ部に入っている。その日もその場所にいたのは木野だけ、遠くにスケッチブックを開いて絵を描いている女子が一人いるくらいだった。

木野は俺が来るまで一人で延々とフリースローをしていた。リングに跳ね返って落ちてきたボールを、駆けつけた俺が拾ってゴールを決めると、「いやなヤツ」木野がそうつぶやいた。

「で、どうするんださっきの子、けっこーかわいー子じゃねーか」

「来週の日曜日にデートする」

「あん？　お前日曜は千尋《ちひろ》とデートすんじゃなかったか？」

「千尋とは午前の約束だ。午後は珠樹《たまき》と結奈《ゆうな》、その後にさっきの子と約束した」

「……大我さー、お前いい加減死ねよ」

「仕方ないだろ？　相手の気持ちを考えたらそう簡単に断れないよ」

「お前さー、それが余計に相手を傷つけてるんだっていい加減気づけよ。お前、前はもっと友達たくさんいただろ。でも、今でもお前の傍《そば》にいるのは俺と由紀《ゆき》ぐらいなもんだぜ。あー、なんならさ、お前、いっそのこと由紀と付き合っちゃえば？　お前がさ、由紀くらいの美人と付き合っちまえば他はおとなしくなるんじゃねーの？」

「あたしがどうかした？」言いながらこちらに向かってやってくるのは岸本《きしもと》由紀という女子生徒だ。俺たち三人は大体にしていつもつるんでいる友達だった。当時の俺にとってたった二人の大切な友人だ。岸本は弓道部のエースで俺と木野はいつもこうして彼女の部活が終わるのを待っていた。

「ねー、ところでさー」岸本が視線を飛ばした。その視線の先を俺たちが追うとひとりの女子生徒がいる。俺たちから少し離れたところで何か必死で絵を描いている。分厚い眼鏡をかけたいかにも根暗そうな子だった。「知りあい？」

俺も木野も黙って首を横に振った。「だよねー、あの子ともだちいなさそーだし」

「そういや、あの子、最近ずっとここにいるな」

「そうなのか？」

「気づかなかったのか？　たぶん三年じゃないかな。なんかキモイよな」

「ふーん、そうゆうこと……。あのね、じゃあ……」

岸本が木野に何かを耳打ちする。木野がそれを承諾すると、俺の手からバスケットボールを奪った岸本が、スケッチをしている生徒に向かって放り投げた。緩やかに弧を描いて地面にバウンドしたボールがその生徒へと襲い掛かる。

「きゃっ」

悲鳴を上げる生徒に木野が「わりぃ、わりぃ」と言いながら駆け寄る。ボールを拾い、そのついでのように女子生徒の落としたスケッチブックを拾い上げて言う。

「うっわ！　なにコレ！　マジでヤベーじゃん！」

その言葉を待っていたかのように岸本がそっちに向かって行った。俺もそれを追いかけた。慌てて絵を隠そうとする彼女からスケッチブックをすっと奪い取った木野は、笑いながら岸本へ渡した。それを受け取った岸本も大爆笑した。顔を真っ赤にして今にも泣きだしそうな眼鏡の生徒を尻目に、岸本は俺の方へとスケッチブックをまわした。

その絵の見るなり、俺の背筋に鳥肌が総立ちになるのを感じた。

それはあまりにも完成度の高い絵で、だからこそその絵が何を描いているのか解《わか》らないはずがない。それはつまり、俺の絵を描いていたのだ。俺はその絵を見て、純粋に感動した。絵画だとか芸術だとかそういうことはまるで理解できない俺だったが、その絵の完成度が並外れたものであるということくらいはわかる。

「これ、先輩が描いたんですか？」

俺はそう言いながらその絵を本人に返した。

だが、彼女は泣きながらそのスケッチブックを摑《つか》み走ってどこかに行ってしまった。

それから少しして夏休みに入り、暇をもてあました俺は地元のお城の近くにある映画館に一人で行った。映画の内容は上手《うま》く理解できなかったが、なんとなく芸術的なんだと感じていた。そのせいか少しばかり高揚した気持ちで、映画館を出てすぐのところにあった画材屋に足を運んだ。もちろん絵なんて描きもしないし、そんなところに用事があるわけでもないのだが、今見た映画の影響で何か描いてみようかだなんて考えたのだ。

そこで再会した。あの時の絵を描いていた女子生徒だ。俺は思わず声をかけた。

「ねえ、たしか君……」

「ああああ……。ごめんなさいごめんなさいごめんなさい」

「なにを謝ってるんだ？」

俺は彼女の絵に素直に感動したことを伝え、彼女がほかにどんな絵を描いているのか見たいと言った。二人の距離はたちまち近くなった。俺はその夏彼女に恋をした。

ふたりはたぶん、言葉にこそしていなかったけれど夏の間、恋人同士だった。

いつでも自由奔放で、それでいて自分の行動に責任を持つ彼女に惚《ほ》れていた。

二人が恋人として過ごした中学二年の夏休みが終わりを告げ、新学期が始まったが、俺は二人の友人、木野と岸本に新しくできた恋人、葵栞のことを秘密にしておいた。いつかタイミングを見計らって発表し、おどろかしてやろうと思っていた。

新学期が始まってすぐの放課後。俺と木野は体育館裏のバスケットゴールの前で岸本の部活が終わるのを待っていた。

「なあ、大我、お前夏休みの間付き合い悪かったよな。遊びに誘ってもいつも用事がある用事があるって……もしかして彼女でもできたのか……」

「……」

どうしようかと迷った。今、ここで発表しようか、でも、できれば岸本もいる三人の時に言いたかったので、あえて言いたい気持ちを押し殺した。

「まさか……。図星？」

「あ……え、えっと……」

「おい、まさか由紀か？」

「え？　なんでそうなるんだよ」

「違うのか？」

「違うよ」

「そうか。ならいいんだけどよ」

「なにがいいんだよ」

「……」

「なあ、なにがいいんだよ」

「……わからないのか？　オレ、由紀のことが好きなんだぜ」

「……マ、マジか？」

「マジだよ。だからさ、夏休みの間、お前を誘ってどっか三人で行こうと思ってたのに、いつもお前は都合が悪いっていうからさ」

「い、いや、悪かったな」

それから少しして岸本がやってきた。俺はここぞとばかり葵のことを話そうとした。だが、先に質問をしてきたのは岸本の方だった。

「あのさ、大我。ちょっと聞きたいことがあんだけど」

「なに？」

「夏休みさ、あんたずっと付き合い悪かったでしょ。しかもさ、夏休みの間、あんたがあの時の絵を描いてた地味子といるのを見たって話があるんだけど……」

——ちょうどいいタイミングだと思った。深呼吸をして言葉を選ばなければと思う……が、またしても岸本の方が先に口を開いた。

「まさか、つきあってるとかじゃないよね。マジありえないんだけど。あんただったらさ、他にいくらでもいい子いるでしょ？　さすがにあんな子とつきあってるとか言い出したら友達止《や》めるからね！　ねえ、サトシだってそうでしょ！」

「あ、ああ、そう……だな。たしかにありえない……よな」

岸本は睨《にら》むようにこっちを見てきた。

——今は……言えない。タイミングを計って……そうするより仕方なかった。

「ち、ちがうよ。たまたま通りすがりに会っただけだ。知らない顔でもないから声をかけただけ……」

「そう。ならいいんだ！　だったらこの際だからはっきりさせておくね」

「な、なんだよ」

「あたしね、あんたが好き！　大我、あたしはあんたが好きなの。あんたとお似合いなのはどう考えたってあたしでしょ！　ねえ、サトシだってそう思うでしょ！」

木野は目をそらした。

「もう、役に立たない奴《やつ》！　ね、大我、あたしと付き合ってよ」

「…………ごめん。お、俺は……」

「………はあ？　何ソレ？　ちょっと意味わかんないんだけど……ねえ、あたしの何が不満なわけ？」

「い、いや、そ、そういうわけじゃないんだ。た、ただ……」

木野の方を見やった。頭をかきむしりながら「はあー」と深いため息をついた。こちらを見ようとはしない。

「もういい、あんたなんかしらないから！」

それだけ言い残して岸本は去っていった。

しばらくの沈黙があり、木野が重い口を開いた。

「お前が悪いわけじゃない。お前が悪いわけじゃないよ。でもね、これだけは言わせてくれないかな。……お前、いい加減死ねよ」

シニカルな笑いを一つ残して木野は立ち去った。

その場にへたり込んだ。それがどのくらいの時間だったかは覚えていない。

ゴトン。という小さな音がバスケットゴール横の体育倉庫の裏から聞こえた。

――いやな予感がする。

恐る恐るそちらに近づいていくと、裏から観念した様子の葵が出てきた。

彼女なりのサプライズか何か用意していたのかもしれない。さっきの話を聞いていたのは間違いないだろう。

――上手い言い訳が思い付かない。

冷めきった表情の葵が言った。

「友達って……。なんだか面倒くさいね……」

その日。俺は恋人と全ての友達を失った。

そのまま彼女は一年先に卒業した。

もしもあの時、優真と同じように彼女が魅力的だと主張できたなら……。二年前の後悔があって俺はこの学校を選んだのではなかったのか……。それなのに今、またあらためて同じような過ちを繰り返している……

俺は立ち止まった……。ちょうど市立図書館の前の公園のところで。俺の後ろにいた笹葉もそれにつられて立ち止まった。意気地のない俺は後ろを振り返らずに言った。

「やっぱり俺たち、別れた方がいいんだろうな……。やっぱり自分の心は偽り続けられない」

「…………」笹葉は無言でうつむいている。

「……ほかに……。好きな人がいるんだ……」

誰が、とまでは言わなかったが、状況を考えれば十分に伝わるはずだ。

「……ごめんなさい……」

笹葉はまるで自分に責任があるかのように謝った。

「笹葉が謝ることじゃない……。俺が……。俺が一人で勝手に……」

「…………」

俺はそのまま振り返ることなく彼女の家とは別の方向へと向かっていった。どこに行くあてもなかったが、ただ、その場所から逃げ出したくなっただけだ。俺の独りよがりで今度は笹葉まで傷つけてしまっている。弁明することもできない。ならば今度こそ自分の意思で行動しなければならない……

再び繰り返してしまった俺の最大の過ちは、自分が前に進むためだとか、葵のためだとかくだらないことを言いながら、笹葉の気持ちをろくに考えていなかったということだ。

ひとりで小川の縁に立って月を眺めながら考えていた……。なぜ、優真は『グレート・ギャッツビー』を俺に薦めたのか……。やはり優真は俺の葵に対する気持ちに気づいていて、それでなお、復縁しようとするつもりならギャッツビーのような不幸な結末が待っていると警告していたのではないだろうか……。だとしても俺はもう、迷わない。ギャッツビーが如《ごと》くこの胸に残る彼女への想《おも》いを成就するため、手段を選ばず行動を起こす……

俺はスマホを取り出し、優真の番号をコールした。

『ティファニーで朝食を』（カポーティ著）を読んで

笹葉更紗

作家を目指す主人公は階下に住む新人女優ホリデー・ゴライトリーと親しくなり、その日々の生活の中で彼女を取り巻く多くの嘘《うそ》やまやかしの存在に気づいていく。自分の居場所を探し続ける彼女の行き着く場所は……

——思っていたストーリーとまったく違っていた。

〝笹《ささ》葉《ば》更《さら》紗《さ》　放浪中〟

放浪と旅行の違いは目的地があるかどうかということではないかと思う。だったら目的さえ持たないウチはやはり放浪中といったところだろうか。『ティファニーで朝食を』のホリーは自分の名刺の住所の欄に〝旅行中〟と書いていた。明日、自分がどこに住んでいるかもわからないからだ。

夏休みに入った頃、本屋で『ティファニーで朝食を』を見かけて、手に取った。それは本を、というよりは記憶の中にあるその本を手に持った竹久《たけひさ》の手を取るような想いだった。

——全然違っていた。思っていた展開とは全然違っていたのだ……。ずっとハッピーエンドだとばかり思っていたのに、本当はそうじゃなかった。

主人公とホリーは全然ラブラブなんかじゃないし、ホリー自身もヘップバーンのように清純な愛らしい女性なんかではなかった。妖艶でしたたかで邪悪だ。それでも芯はしっかりしていた。映画版ではほとんど描かれていなかったマフィアのサリー・トマトに対する友情《その人がどんなふうに私を扱ってくれたかで、私は人の価値をはかるの》その言葉で彼女の強さが見えた。原作の方でしきりに描かれていることは映画版と大きく違い、自分の居場所を探し続けるために旅をしているホリーの姿のように感じた。そしてティファニーのような落ち着ける場所を探し求めていたホリー。決して映画版が悪いといっているわけではない。『ムーン・リバー』は名曲だしヘップバーンは最高に魅力的だ。あの映画がなければ、ウチの手元までこの本が回って来たかどうかはわからない。それでも原作のホリーにはリアルな人間味があり、周りのみんなが彼女のことを好きになるのが理解できた。

自分はどうか？　いつまでたってもウチ自身は目的も信念も持っていない。だから今もって〝放浪中〟なのだ。

　ウチが初めてこの作品に触れたのは（触れたといっていいのかわからないが）今から一年前、中学三年の夏休みのことだった。家のすぐ近くに市立の図書館があって、当時受験生だったウチはよくそこで勉強をしていた。こういう広いスペースで皆が静かに過ごしているというのは、なかなか勉強がはかどるのだ。実際、夏休みともなるとおそらくウチと同い年と思われる、中三の受験生らしい人がたくさんいた。

　彼もまた、そんな中のひとり、短く切りそろえた髪に色白な肌、背も低くお世辞にも頼りがいがあるとは言い難い。それでもその表情は優しそうでどことなく落ち着ける感じがする。時々は勉強をし、時々は読書をしながら過ごす彼は、初めのうちは見慣れない人程度の認識だった。多くの場合、彼はひとりで行動していたが、時折同級生くらいの女子生徒と親しげに話をしているのを見かけた。その人はウチとしても知った顔で以前からよくこの図書館に訪れていた。眼鏡をかけた黒髪の女子生徒。その頃はウチも今とは違いストレートの黒髪で、今のようなカラーコンタクトではなく眼鏡をかけていたので親近感もありよく覚えていた。彼はその子に会うといつも以上に優しい表情になる。その表情を見て彼はきっとその眼鏡の少女に好意を抱いているのだろうと直感した。彼との関係はただのそれだけで、だから別段それ以上意識することもなく遠目に眺めている程度だった。

ある日「おはよう」と声をかけられ、そのまま彼はウチの隣に座った。突然に声をかけられ驚いたまま「お、おはよう……」と小さな声で返事をする。

その返事に驚いたのは彼の方だった。

「あ、い、いや、ごめん。ひ、人……違いだった……」

事情はすぐに理解した。ウチはその少女と背恰好《せかっこう》も同じくらいだし、黒髪で眼鏡をかけていた。後ろ姿で一瞬勘違いして声をかけてしまっただけなのだろう。

しかし、だからと言って今更座っている席を移動するというのも気まずい。その日は二人並んだまま勉強をした。勉強の途中、彼は消しゴムを無くして困っているようだった。

ウチは自分の消しゴムをそっと差出し、

「よかったら、これ」

「あ、ありがとう。よく無くすんだ」

交わした言葉はそれきりで、しばらくすると勉強に飽きたらしい彼は文庫本を開いて読書を始めた。すごく楽しそうに、受験勉強なんかよりもずっと集中して読んでいた。村上《むらかみ》春樹《はるき》の『海辺のカフカ』という本だ。カフカとサラサは音の雰囲気が似ている。気になったウチはそのまま図書館で同じタイトルの本を借りて帰った。

身の毛もよだつほどに震えた。これほどまでに読書というものが面白いだなんて知らなかった。ウチはそれからというもの、彼を見かけるたびに手に持っている本をチェックして、同じタイトルの本を借りて帰るようになった。

――彼は卑怯《ひきよう》だ。

借りて帰った本に尽くされる美しい言葉の数々は、彼の手柄として認識されてしまう。あとになってわかったことだが、当時彼が好んで読んでいた本のほとんどが〝耽美《たんび》主義〟と呼ばれる作品だった。美しい文章に出会う度、その言葉は彼からウチに贈られたもののように錯覚してしまう。ウチの心は、徐々に彼に惹《ひ》かれてしまっていた。

ある日彼の読んでいる本が『ティファニーで朝食を』だった。タイトルくらいは知っている。同タイトルの古い映画がとても有名だ。

その日はあの眼鏡の子はいなかった。ずっと読書に集中している様子で、そのまま最後まで読み終わったのは図書館の閉館間際の時間だった。閉館時間を案内する音楽に追われるように席を立ち、一階へと降りるエレベータの中で偶然二人きりになった。

「あの……。よく会いますね」

突然彼に声をかけられ緊張した。自分のことを憶《おぼ》えていてくれただけでもうれしかった。

「あ……。さっき読んでた本、面白いですか……」ヘタだ。ウチは会話のセンスというものがない……

「すごく良かったよ。ここ最近読んだ中では最高だったかも」

「そう……。じゃあ、ウチも今度読んでみようかな……」

「うん、きっと気に入ると思うよ。あ、僕は竹久、竹久優真《ゆうま》、よろしく」

「あ、あ、う、ウチは……さ、ささ、さ、ささささ」噛《か》んでしまった。自分の名前を……

「……さ、さ……佐々木《ささき》さん？　そうか、佐々木さんか、ところでたぶん同級生……だよね。もう受験校は決めた？」

「あ、えっと……白明《はくめい》、かな。多分……」

「そっか、じゃあ、僕と一緒だね。お互い合格するといいね」

「う、うん……じゃあ、ウチは……これで……」

……本当はもっと話をしたかった。だけどあまりに緊張しすぎてしまって、エレベータが一階のエントランスに到着してドアが開くと同時に逃げ出すようにしてその場を立ち去った。

『ティファニーで朝食を』は、図書館に置いてはいなかった。正確に言うなら貸し出し中で、近くの本屋に行っても置いていなかった。どうしても気になったウチが行ったのは本屋でなくレンタルビデオ屋。同タイトルの映画を借りて、友人の瀬奈《せな》を呼んで二人で見ることにした。

瀬奈はとても美人で学校の誰からも好かれるアイドルのような存在だった。そしてウチのような根暗なヤツとも分け隔てなく接してくれるかけがえのない友人だった。瀬奈はその映画をとても気に入って……と、いうよりはオードリー・ヘップバーンにすっかり憧れて、それから古い映画をよく見るようになった。彼女が調理科のある芸文館《げいぶんかん》に進学するようになったのも『麗しのサブリナ』が原因だ。

……正直ウチとしてはあまりこの映画は好きになれなかった。よくある〝お金よりも愛が大事〟みたいな話で、なんだか最後はお金持ちみんなにフラれたから仕方なく主人公とくっついたような感じがした。……それきり、原作を読む機会から遠ざかっていた。

夏休みの最後の木曜日のことだった。ウチはそれまでの観察であの眼鏡の子は木曜日には図書館に来ないことに気づいていた。

彼のすぐ向かいの席に座って勉強を始め、読書をしていた彼もしばらくして勉強を始めたのだが、どうやらまた消しゴムを無くしてしまったらしい。ウチはチャンスだと思った。持っていた消しゴムを渡し、「ウチ、もう一つ持ってるから使ってくれていいよ」と言った。「ありがとう」と答える彼。……うまくいった。正直こんなうまくいくなんて思っていなかった。ウチはその場から逃げるように立ち去った。予定通りにその消しゴムを彼のもとに置いたまま立ち去ったのだ。

あの消しゴムのキャップを外した中身にそっとメッセージを忍ばせておいた。

――あなたのことが好きです――

夏休みが終わり、彼は図書館に来なくなってしまったけれど、自分の想いを伝えることができただけで満足だった。いつか運命的に再会した時答えを聞けたらいいと思っていた。その運命というものにも実は期待がある。互いに白明高校を受験するのだし、二人とも合格すれば再会することもあるだろう。

しかしウチの読みは甘かった。受験に失敗し、滑り止めだった芸文館高校に通うことになった。これで彼と会うことはもうないだろうと思っていた……

しかし、芸文館高校の入学式の日に唖然《あぜん》とした。もう会うこともないと思っていた竹久が同じクラスにいたのだ。ウチは思わず彼を見つめていた。彼と目があった時、心臓が止まりそうなくらいに息が詰まる。……彼はウチが誰だか知らない初対面のようなそぶりで目を逸《そ》らした……

仕方がない。あの頃と今ではウチの外見的にかなりの違いがある。

同じ高校に通うことになった瀬奈はいろいろウチに気を遣ってくれた。『サラサはとっても美人なんだからもう少し気を遣わなきゃだね！』そう言ってウチにメイクの仕方を教えてくれた。髪も明るい色に染めて、眼鏡もコンタクトレンズ、しかもカラー入りにした。ダイエットにだっていくらか成功した。

「いくら何でも気合い入れすぎだよ」

瀬奈がそう教えてくれたのは入学して一週間ほどたった頃。加減というものを知らないウチは高校デビューに気合いを入れすぎてしまっていた。

元々が深い付き合いでもなければ今のウチとあの頃のウチが同一人物だなんてわかりっこないだろう。近寄って「久しぶり」と声をかけようとも思ったが、今更なんて言えばいい？「あの時の消しゴムのメッセージの答えが聞きたいの」なんて、言えるわけもない。

ウチをまるで初対面の人としてとらえる彼にイラつくこともあったが、結局悪いのは自分自身だ。

だったら初対面として彼と仲良くなればいい。そう、それだけのことだ。ウチは勇気を振り絞ってゴールデンウィークに校内で開かれる春の文化祭に一緒に行こうと誘うことにした。さすがに二人きりでは気まずすぎる。一緒に連れて行く友達と言えば瀬奈くらいしか思いつかない。でも彼女を連れて行けば誰だって彼女のことを好きになるだろう。でも大丈夫。竹久の友達の黒崎《くろさき》君、誰の目から見ても彼以上のイイ男なんてありえないくらいに完璧な人、きっと彼も誘えば瀬奈とお似合いだ。あの二人が仲良くやっている間にきっとウチは竹久と仲良くなれる。

――打算は失敗に終わる。瀬奈は竹久を連れて旧校舎に行ったきり、なかなか帰ってこなかった。途中で雨が降り、雨が止《や》んでようやく二人は帰って来た。「雨が降り出したんでずっと雨宿りしてたんだ」という彼女の言葉が嘘《うそ》だということはすぐにわかる。いつも自分は雨女だとつぶやいている瀬奈は、どこに行く時も鞄《かばん》の中に折り畳み傘を入れていることを知っている。帰り道瀬奈と二人きりになった時に彼女は言った。

「ねえ、ユウってどんな奴《やつ》なの？」

「どうしたのよ、そんなこと聞いて」

「うん、なんかちょっと気になるのよね。アイツ」

――それは、まるで恋をした乙女のような発言だ。卑怯なウチは遠回しに竹久のイメージを損なう言い方を選ぶ。

「そうね、言ってみれば月、みたいなやつかしら」

「つき？　空のお月様？」

「そう、満ちたり欠けたり摑《つか》みどころないし、ほら、月の表面に見える模様ってさまざまでしょ。日本ではお餅をついているうさぎってよく言うけど、人によってはカニだったり、人の顔だったり……。結局お前はなんなんだって思うわけよ」

「ふーん。お月様ね。やっぱりサラサは文学乙女ってやつだね。普通そんな例えなんてしないよ。あ、でもさ、あの大我《たいが》ってやつ、なんかサラサとイイカンジなんじゃない？　ねえ、どうなの？

すごくかっこいいしさ、まんざらでもないんじゃない？」

――実はついさっき、付き合わないかと言われたことは言えない。何か言い訳を探してみる。

「でも、なんていうかさ。運命っていうものを感じないのよね」

「運命？」

「うん。ほら、実は大好きな本とか映画だとか音楽だとかさ、そういうのがぴったり一致するとかさ……。もう会うこともないだろうって思っていた人が偶然すぐ近くにいたとかさ」

言いながら、竹久のことを思い浮かべていたというのは言うまでもない。

「うーん。そうねえ。でも、まだ知り合ったばかりでお互いよく知らないだけかもだし、そのうち何かそういう発見があるかもよ。それこそ今日という日がブルームーンっていうめずらしい日でさ、そんな日に愛を告白されれば『これが運命かも』って思っちゃいそう……」

瀬奈は、雲に覆われた空を見上げて言う。

「だけど、ブルームーンは見えそうにないよ……」

ウチは、瀬奈の『ブルームーンは見えそうにない』という言葉の意味を考えた。

ブルームーンには、できない相談、叶《かな》わぬ恋という意味がある。つまり瀬奈はウチに〝竹久のことはあきらめろ〟と言っているのではないだろうか。だとすれば、所詮付け焼刃で表面だけを着飾っただけのウチがどう頑張ったって瀬奈にかなうわけがない。結局ウチはこの想《おも》いを封印するしかなかったのだ。

それから数日後、ウチは黒崎大我と付き合うことになった。だって仕方なかったのだ。瀬奈に勝てるわけでもなく、大我以上に理想的な人物だって考えられない。彼のような素敵な恋人が出来たらきっと竹久のことなんてすぐに忘れられる……はずだ。

でも、それは間違った選択。もし、何でも消せる消しゴムなんてものがあれば、まずその事実から消し去ってしまいたい。

瀬奈と竹久の距離は日を追うごとに近づいていくのがわかった。それを目にする度つらくなる。高鳴る鼓動を抑えようと必死で心を外側から押さえつけると、心の内側にはトゲトゲのサボテンのようなものが住んでいて、押さえつければつけるほどに痛みが増した。

その日は大我が体調を崩して学校を休んだ。瀬奈からも寝坊したから先に行っててとメールがあり、一人ぼっちで登校してしていると、急な雨が降り出してびしょぬれになってしまった。

教室の窓から外をのぞくと校門付近に、一つの傘の下で肩を寄せ合って並んで歩く竹久と瀬奈の姿が見えた。

雨の日は嫌いじゃない。こぼした涙を雨のせいにできるから。

次の日は大我と竹久二人共が学校を休んだ。大我がうつしたんだという声もあったけれどそうじゃないと思う。小さな傘に二人で無理やり入るから雨に濡《ぬ》れて風邪をひいたに違いない。

瀬奈が二人で帰ろうと言ってきた。二人並んで学校の坂道を下っている途中、瀬奈の鞄に見慣れないキーホルダーがついているのに気が付いた。

「せ、瀬奈、それ、どこで手に入れたの！」

「え、あ、これ？　これは、えっとー」

瀬奈は言葉を濁す。

少し古びているけれどそれはとてもレアなキーホルダーだ。鼻ひげを生やしてペンを握りしめた猫のキャラクター。『吾輩《わがはい》は夏目《なつめ》せんせい』は一部の文学乙女の間では希少なグッズだ。限定生産品にもかかわらず、恋愛が成就するパワーがあると話題になってすっかり手に入らなくなってしまった。気まずそうに言葉を濁す瀬奈が怪しくなって問い詰めると「拾ったんだよね」とあっけらかんと言った。

しかし、もし拾ったのだとしたら落とした本人はさぞ困っているだろう。持ち主を探して返すべきだというウチの言葉に観念した瀬奈は詳細を話してくれた。

少し前に旧校舎の文芸部（漫画研究部）の部室にある漫画を読んでいる時、たまたまメモ書きを見つけて、そのメモの通りに独伊辞書を開くとそこにはこの鍵があって、それはなくなっていたはずの旧校舎三階時計台の機械室の鍵。その鍵を使って瀬奈が機械室にあったピアノを弾いて幽霊を演じていたということ。昨日、それを竹久の前で再現したらあっさりと幽霊の犯人が自分だということがばれてしまったこと。

「まあ、なんにしてもその鍵は職員室に届けるべきよね」

「ええ、そんなあ。せっかくアタシだけの秘密の部屋だったのにい」

「学校側に鍵が戻ればあの旧校舎の止まったままの時計台も直してくれるかもしれないでしょ。そうすれば少しはイメージも回復してもうくだらない幽霊騒ぎなんて起きなくなるかもしれないわ」

「ええ、それだってアタシ的には割と楽しんでやってたんだけどなあ」

「そのことで迷惑を受ける人だっているんだからね、まったく」

その迷惑を受ける人の中にウチだって含まれるだろう。幽霊のうわさを聞いて旧校舎に近づかないようにしていたのは事実だし、それがなければあの春の文化祭の時だって……

そこでふとしたことに気づく。聞けば瀬奈が鍵を見つけて怪奇現象を演じ始めたというのは少し前のことだという。しかし、ウチが旧校舎の怪奇現象を耳にしたのは入学して間もない頃。少なくとも、瀬奈が旧校舎に足を運ぶようになるよりも前の話だ。そのことにいくばくかの不安を抱きつつもそれを振り払い、鍵を持って職員室へと向かう。

鍵を渡す相手は別に誰でもよかった。だけど、職員室に入るなり担任の原田《はらだ》先生と国語の桜木《さくらぎ》真理《まり》先生の姿が目に付いた。

原田先生が真理先生をしつこく食事に誘っている。聞いた話では真理先生はこの学校の卒業生で、その時の担任が原田先生だったらしい。その時の縁をいまだ引っ張り出しては真理先生をしつこく口説こうとしているのはすでに校内でも有名な話だ。だからしつこく誘われて困っている真理先生を救おうと彼女を呼び出した。

しばらくして、疲れた様子の真理先生がやってくる。

「先生、旧校舎で鍵を拾ったんです」

瀬奈が少し残念そうにキーホルダーのついた鍵を差し出す。

「この鍵、どうやら――」

「旧校舎の鍵！」

そう言ったのは真理先生。少しばかり興奮した様子の真理先生に対し、ウチは少しばかり想像をめぐらせた。

「もしかしてその『吾輩は夏目せんせい』真理先生のものなんですか？」

挙動不審に周りを気にした彼女は声を潜めて「実はそうなの」と言った。

「これはわたしがこの学校に生徒として在学していた頃、わたしの所属していた部があの旧校舎を使っていてね」

「あ、もしかして文芸部ですか」

「うん。まあ、正確にはそうではないけれど似たようなものかしらね。ともかくわたししたちがこの鍵を管理していて、このキーホルダーにはわたしの私物を付けていたのよ。わたしは副部長で、一つ上の先輩が部長をしていたのだけど、普段はわたしかその先輩が鍵を管理していたわ。

先輩が卒業する時、わたしの手元には鍵がなかったのできっと先輩が持っているのだと思っていたの。卒業式の日に先輩は自分の卒業後、部室の管理を頼むといって紙袋を渡してくれたの。わたしは中を見ずに紙袋を受け取った。中には鍵が入っていると思っていたのでその時は確認しなかったのだけれど、後で中を見てみると文庫本が一冊だけだった。先輩はその後連絡が取れなくなってしまって鍵は見つからないまま。なんだ、ずっと旧校舎の中にあったのね」

鍵を受け取ろうと手を差し出す真理先生。しぶしぶと鍵を差し出す瀬奈からウチは咄嗟《とっさ》にその鍵を奪い取った。

「えっ、ちょっと笹葉さん」

「少し気になることがあるんです。鍵はまたあとで持ってきますのでもう少し預からせてください」

「うん、それは別にいいけど……」

「真理先生、その時の文庫本って、何だったかわかりますか？」

「ええ、覚えているわ。梶井基次郎《かじいもとじろう》の『檸檬《れもん》』よ。確か、あの後文芸部の書架にしまってあったはずだけど」

「わかりました。『檸檬』ですね」

踵《きびす》を返したウチは瀬奈を引っ張って旧校舎を目指す。ウチの勘ではあの旧校舎にはいまだその想いを成就できずに取り残されている怨霊がいるのではないかと思う。ウチは、その怨霊の呪縛を解いてやりたいと思った。それが、今こうしてくすぶっている自分に対する慰みになるかもしれない。


ウチらは旧校舎へと向かった。思えばここに足を踏み入れるのは初めてだ。幽霊騒動の一件もあってなかなか来ようとは思わなかったけれど、所詮そんなものはインチキだとわかれば怖《おそ》れる理由なんてない。それに、一度葵《あおい》先輩という人にも会ってみたかった。

旧校舎、文芸部の表札のかかる教室。その実そこは漫画研究部らしい。

「お邪魔します」

声をかけて教室に入ったものの中には誰もいなかった。

「あれ、しおりんいないな。めずらしい。まあ仕方ないか、今日はユウもいないし」

「え、なに？　どういうこと？　その……竹久と葵先輩ってそういう関係なの？」

「そういう関係？」

「いや、その、つまり……恋人同士っていうか……」

「うーん。そこのところはどうなんだろう。アタシもよくは知らないけれど仲がいいってのは間違いないよ。サラサ、気になる？」

「え、いや、気になるというか……竹久はそんなこと特に言っていなかったから」

「うん、まあそうよね。アイツ、肝心なところははっきりしないやつだから……」

もしそうだとしたらやりきれない。相手が瀬奈ならばウチに勝てるはずもないと身を引いたつもりだったのに、まさか思いもよらない第三者に取られてしまうというのは納得できない。

気を取り直し、本来の目的を思い出す。確か、梶井基次郎の『檸檬』だ。

そしてたしかに書架にそれはあった。角川文庫の『檸檬・城のある町にて』その90ページ目、『桜の樹《き》の下には屍体《したい》が埋まっている』のところに桜の花の押し花の張り付けてあるメモが挟まっていた。

『その鍵の暗号はイチと末の間にある』

――やっぱりだ。やはり鍵は真理先生がなくしたのではなく、真理先生の先輩という人が持っていたのだろう。それを素直に手渡しせずに回りくどい方法で渡そうとした。わざわざそんなことをしようとする理由なんて……

――イチと末。それはいったいなんだろう。普通に考えるなら数字の1と末。末を9と考えるなら5……いや、あえて末というのならば一か月の末なら30か31。その間となれば15・16と言ったところだろうか。いつまでもわからないことを考えても仕方がない。

「あ、この桜の押し花」瀬奈が言った。「確かこれにも同じメモが……」

瀬奈は書架の隅から随分と薄い本を取り出した。その本はどうやら漫画の本らしい。瀬奈がパラパラとめくる間に覗《のぞ》くイラストに思わず目を覆いたくなる。

「な、なんでそんなものがここにあるのよ」

「え、だってここ漫画研究部だもん」

「ま、漫画って、でもそれ……」

「え？　普通の漫画だよ、同人誌だけど」

「ふ、普通じゃないでしょ。そ、そんなもの学校に置いてるのが見つかったら……」

「まあまあ、そんなに焦らなくても、要は見つからなければいいってことでしょ。何もこんなところに来る教師なんていないんだから……あ、あった」

同じような押し花のメモに『カギは、独伊辞書に挟んである』と書いてある。

「でね、その通りに独伊辞書を開けたら……」

瀬奈は書架から『独伊辞書』と書いてある箱を取り出す。しかし中から出てきたのは装丁の立派な日記帳。三桁のダイヤル式の鍵がついている。瀬奈がダイヤルを回すことなく解錠ボタンを押すと鍵が開く。ダイヤルはセットされたままだったようだ。

中の日記帳はページがくり抜かれていてそこに夏目せんせいキーホルダーと一緒に鍵があったという。

おそらくこれは真理先生の先輩という人が仕込んだものだろう。本当は『檸檬』の間に挟まっているメモを見て見つけるはずだった。だけど真理先生はそのことに気づかず、鍵は何年もの間行方不明のままだった。当然、そこに仕込んであった先輩の思いが真理先生に届くこともなかっただろう。

「ところで瀬奈はどうやってこの三桁のダイヤルの答えを知ったの」

「え、最初っから開いてたんだよ。アタシが最初に日記帳を見た時、ダイヤルは〝813〟にそろえてあったの」

それは妙な話だと思った。はじめから開けてあるなら『檸檬』に『その鍵の暗号はイチと末の間にある』なんてメモを挟む必要はないはずだ。

書架に目をやり、背表紙をなぞりながら答えを考えてみる。

モーリス・ルブランの著書『ルパン傑作選』が目に留まる。中を調べるまでもなくそこには名作『８１３の謎』が収録されているだろう。これがダイヤル式の鍵の答えのはずだ。

その両サイドの本がＥ・ブロンテの『嵐が丘』とＣ・ブロンテの『ジェーン・エア』。『イチと末』――わざわざイチとカタカナで書いたのは、漢字で書くと簡単すぎるからだろう。イチは漢字で『市』。つまり、姉と妹の間に挟まれているという意味だ。本来この細工を作ったであろう犯人はきっとこんな風に逆の順序で読み解かれるなんて思っていなかっただろう。現実世界はフィクションの世界ほど都合よくはできていない。計画の通りに進むなんて期待してはいけないのだ。

それにしても、よく見ればこの二枚のメモ、もともと一枚のメモだったのではないだろうか。『檸檬』の間に挟まれていたメモと同人誌に挟まれていたメモ。二つを合わせると裁断された押し花がピタリとそろう。考えてみればこの同人誌が何年も前からここにあったとは考えにくいし、瀬奈が見るまで誰も気づかなかったというのもおかしな話だ。むしろ、誰かが瀬奈に見つけやすいように同人誌に挟み、なおかつ鍵に手早くたどり着けるようダイヤルの数字をそろえておいたと考えることができる。

では、誰がそんなことを仕組んだというのだろうか。まず考えられるのは竹久だ。名探偵のジンクスというものがあるが、多くの探偵ものでは名探偵の周りでは決まって事件が連続して起こる。それを鮮やかに解決していくわけだけれど、こういうことを考えたことはないだろうか。つまり、名探偵自身が事件をでっちあげ、それを自身で解決すると見せかけるマッチポンプ方式を。それと同じでまず竹久がこの一連のメモから鍵を見つけ出し、それを利用して瀬奈に幽霊騒動を起こさせて自らが解決してみせる。多分文学好きの竹久ならこんなメモの真相は迷いもなく解くだろうし、それを瀬奈の前で解決してみせて自身の株を上げることもできるだろう。でも、やはりそれは何か違う気もする。

ともかく、まずはこの件を解決したい。これで、すべてが終わっているわけではないはずだ。

ウチと瀬奈は三階へと移動し、鍵を使って機械室に入る。瀬奈が明かりをつけると古びたピアノが見える。隣のテーブルの上には開かれた独伊辞書。

Ich liebe dich ―――― Ti amo

のところに付箋が貼ってある。どちらも日本語で言えば『愛している』という意味。いや、違うか。ここは『月がきれいですね』と訳するべきか、いや、そんなことはどうでもいい。

そこにはまた、例の桜の押し花の貼ってあるメモがある。

『空を越えて死との狭間《はざま》の世界で君を待つ』

なるほど、そういうことか。隣の古いピアノの鍵盤をたたいてみる。各音階のラとシの部分を中心に。

一か所だけ、あきらかに音の鈍いところがある。

「そうそう、ここ、調律くるってるのよね」

瀬奈が言う。

「ううん。そういうことではないと思うわ」

鍵盤と鍵盤の間、ラとシの間に薄いメモが張り付いているのを発見した。

「あ、こんなところに！」

「ソラ、を超えてシ、との間」

言いながらそのメモをそっと開く。

『青春時代をオウカできなかった俺は死体となって君の足元に姿を隠す。せめて君の手で掘り起こしてくれれば……』

「どういうことかな。掘り起こしてほしいって書いてあるけど……」

「死体を掘り起こす、〝君〟とは桜木先生。桜の樹《き》……

たぶん〝イチ〟がカタカナだったのと同じようにこの〝オウカ〟もわざわざカタカナだということはミスリードをさせるためなんじゃないかしら？　つまり〝オウカ〟は……〝謳歌《おうか》〟ではなく〝桜花〟オウカできない。桜の花が咲かない……そういえばたしか学校前の坂道に一本だけ桜の花が咲かない樹があったはず。

機械室の窓を開けて小高い坂の上にある旧校舎からこの学校へと向かう桜並木を眺める。思いのほか景色が良くて抱え込んだ悩みを風が少し攫《さら》ってくれた。

しかし、今はもう七月。桜並木はもうとっくに青々と茂った樹へと姿を変えている。こうしてみると不思議なものだ。あれだけ華やかに咲いていた桜の木々も、こうして少し時期を変えてみるだけでまるで違って見えるのだ。多分、今のこの並木道を見て桜だと認識する人は少ないだろう。

「ねえ、瀬奈。確かあの桜並木の中に、一本だけ花の咲いていない樹があったの憶《おぼ》えてる？」

「うーん、確かにあったような気がしないでもないけどさあ、そんなのどの樹だったかなんて憶えてないよお」

「うん、まあそうよね。どうしようかしら。片っ端から掘っていくかそれとも来年の春まで待ってみるか……」

「あ、そういえばさ。あそこに行けばわかるかもしれない」

「あそこ？」

「うん、サラサ、ついてきて」

ご機嫌にぴょんぴょんと跳ねるように歩く瀬奈は、旧校舎二階の油画部の部室へと足を運ぶ。

「リュウくんこんにちわー」

勢いよくドアを開けるもののその部室には誰もいなかった。

「やっぱあれかな。怪奇現象が怖くて部活休んでるとか？　まあいっか。せっかくなんだから見せてもらおうよ」

誰もいない部室にズカズカと踏み入る瀬奈。悪いことだと思いながらもウチもそのあとに続く。中に入って瀬奈の言っていることの意味がわかった。

油画部の部室に並ぶキャンバスにはどれも同じ絵が描かれている。いや、同じだと言えばきっとこの絵を描いた人は怒るだろう。

十数枚並ぶキャンバスに描かれているのは、どれもこの部室の窓から眺めた桜並木の風景だ。今まさに描きかけのキャンバスには見ての通りの青く生い茂った桜の木々が、そして、わきに並ぶほかのキャンバスの中には満開に咲き乱れる、あの春の風景の絵もあった。それはどれも精巧に描かれた風景画で、もちろん、桜の花の咲いていないあの裸のみすぼらしい樹も描かれている。

園芸部に頼んでスコップを貸してもらい、目星をつけた桜の樹の下に行ってみると、たしかに土の色が違うところがある。そう遠くない過去にこの場所を掘ったものがいるということだ。

地面はやわらかく、それは一瞬判断ミスかとも思われた園芸用のスコップで十分に掘り返すことができた。中からは錆《さ》びた四角い小さなアルミの缶が出てきた。

さらにその中にはビニール袋にくるまれた手紙。

その手紙に書かれていたものは……。おそらく恋文だと言っていい。とても美しい言葉でつづられた想《おも》いのこもった恋文だ。その犯人は高校生時代に真理先生に恋をした。しかし内気な彼はその想いを告げることなく卒業することになった。しかし、せめてその想いだけでも伝えておこうとこの手紙を書いたのだ。

おそらくその不器用な先輩がこれだけの言葉を尽くすのに、どれだけの勇気がいったことだろう。しかしその想いが伝わることはなかった。なぜなら、こんな手の込んだ細工をしてしまったからだ。もし、勇気を出して相手を目の前に想いを伝えていたのならばこんなことにはならずに済んだであろうに。

「ねえ、サラサ。この手紙どうしよう？　桜木先生に届けた方がいいのかな？」

「そうね、今更渡されても困るだけじゃないかしら。きっと真理先生にしても、そんなことは知らない方が幸せなんじゃないかしら」

自分の頰《ほお》に一筋の熱いものが伝っているのに気づいた。きっとその哀れな先輩に同情したのだろう。

いや、違う。自分の過去に犯した間違いにいまさらになって気づかされたのだ。愚かな過ちに気づかされたウチはその先輩に心から同情してしまう。

「ねえ、サラサ。アタシさ、もしかしたらこの手紙を書いた先輩っていう人、わかるかもしれない。多分その人は今でも桜木先生に未練があってさ、何かにかこつけてこの学校に様子を見に来てるんだよ」

「なんで、そんなことがわかるの？」

「なんでって、そりゃあよくわからないけどさ。オンナの勘ってやつ？　少し前にさ、旧校舎を訪れたおじさんがさ、文芸部の部室にやってきてきょろきょろと中を見まわしていたのよね。アタシにはわかったんだけどさ。あれは昔の恋を思い出して恍惚《こうこつ》としている表情だったな」

聞いている限りではこれといった根拠はない。だけど多分瀬奈の言ってることは正しいような気がした。時として世の中には、理路整然と並べられた理屈よりも相手を説得させる強いものがあるのだ。

「ねえ、サラサ。アタシたちで勝手にその手紙の返事を書いちゃおうよ！」

悪くはないのかもしれない。それが、あの時過ちを犯してしまった自分自身への手向けになるのならば。

それからしばらくして大我とショッピングモールに浴衣を買いに行った。翌日に控えた夏祭りに着ていく浴衣を新調しようと思ったのだ。ようやく見つけた素敵な浴衣。それに手を伸ばそうとした瞬間、横から伸びてきた手にさらりと奪われてしまった。黒髪で目の大きな女性、自分と同じ高校生くらいだろう。

その人はウチのことを知っている様子だった。ウチとしては初対面だったが、どことなく知っているような気もした。知っている誰かに似ているような気がするが、それが誰かは思い出せない。ただ、はっきりしているのは彼女に対しては何かしらの敵対心が沸き起こる。それが彼女のせいなのか、それとも彼女に似ている誰かのせいなのかはわからなかったが、そのすぐ後に彼女に対する敵対心ははっきりしたものになった。

その場に現れたのは竹久だった。

「……単なる恋人同士だよ」

その女性こそが竹久の部活の先輩、葵栞《しおり》だった。そして二人は恋人同士なのだと言った。心のどこかで何かが完全に崩れ去った。それはキレたといってもいいのかもしれない。瀬奈に負けるのは仕方ないとあきらめていた。それに相手が瀬奈ならいい。そう思って自分を押し殺していたのに、突然現れた手にそれをみすみす奪われるというのはいくらなんでも我慢ならなかった。

ウチが思わず何かを言おうとした時、大我は何かを察してくれたのだと思う。彼はウチの代わりに声を荒らげた。おかげですっかり正気に戻ってしまった。そのまま竹久は大我とけんか別れのように立ち去った。もう、買い物どころではなくなった。

帰り道、大我はウチの前を無言で歩いていた。ウチのせいで竹久と大我までが仲たがいをしそうになってしまった。

やっぱりウチはこのままではいられない。今の自分は誰に対しても不誠実だ。すべてに決着をつけなくてはならない……。意を決して口を開こうとした時、目の前で大我が立ち止まった。ちょうど市立図書館の前の公園のところだ。

「やっぱり俺たち、別れた方がいいんだろうな……。やっぱり自分の心は偽り続けられない」

「………」

「……ほかに……。好きな人がいるんだ……」

……大我には何もかもお見通しだったんだ……。ウチが大我ではないヒトのことを好きなんだろうと指摘する言葉だった。頭の中で考えていたことを言い当てられて、それ以上何も言い出せなかった。

「……ごめんなさい……」

「笹葉が謝ることじゃない……。俺が……。俺が一人で勝手に……」

大我はそれだけ言い残して立ち去った。ウチはそばにあった木のベンチに一人腰かけて泣いた。一年前、竹久と言葉を交わしたベンチにうずくまっていた。

空はすっかりと暗くなり、今にも空が涙を流そうとしていた……

目の前に流れる西川《にしがわ》の川面《かわも》に三日月が映っていた。

手を伸ばせばすぐに届きそうなくらいに近くに見えるのに、決して触れることのできない月に悔しさを覚える。

悔しくて小石を蹴ると川面に映る三日月は瞬く間に揺らぎ、壊れてしまった。後に小石の残した波紋だけが広がっていく。

たぶんウチの選択は間違っている。もう、今更どうにもならないことなんてわかっている。だけどそれをしないわけにはいかない。そうしないともう、前へ進むことができないから。

『無題』（著者名無し）を読んで　竹久優真

この世には数えきれないほどの本があり、どんなに頑張っても短い人生の間にそれを全部読むことなんてできやしない。だからこそなるべく作品を選んで読む必要があるだろう。が、なにも名著だけが読むべき本だとは限らない。たとえ無名な本でもそれが自分にとって何かを残してくれるものなら、それこそが読むべき本なのだろう。
僕はその夏、無題で全く無名な作家の作品を読むことがあった。無名な作家、すなわちプロとしてデビューもしていない素人、ということだ。実際、物語というのは本として印刷されることもなく、無名なる素人作家の心の中にだけ存在することがほとんどである。それはつまり、そこにちゃんと存在しているということなのだ。

その日、すっかり日が暮れてからスマホが鳴った。友人の黒崎大我《くろさきたいが》からの着信でおおよその用件は予想がついた。数時間前、ショッピングモールで偶然彼と出会い、そこで思わず口論となってしまった。いくぶん腹も立っていたし、いっそ無視しようかとも思ったが、このまま放っておいていいというものでもない。それに「栞《しおり》さんと付き合っている」なんて言ってしまったことぐらいはちゃんと訂正しておいた方がいいのかもしれない。

大我は直接会って話したいと言ってきた。電車に乗ってようやく家に着いたのにまた、電車に乗って出かけなくてはならないのかとウンザリもしたが、それは仕方がない。

市街地の駅に到着し駅を出た時、外は静かに雨が降り始めていた。こんな時にちゃんと傘を持って出てきた自分が誇らしい。とある突然の雨ふりの日、うまい具合に傘を持っていたことでちょっとしたいいコトがあった。その頃から少しでも怪しいと思う時には傘を持ち歩く習慣ができていたのだ。

大我と待ち合わせをしていた場所に向かう途中、ちょうど市立図書館の前のところで雨に濡《ぬ》れながらベンチに座っている人を見かけた。後ろ姿だが、それが誰だかはっきりとわかる。僕は駆け寄り彼女の頭上に傘を差した。

「笹葉《ささば》さん……。こんなところで何やってんの……」

彼女はうつむいたまま、肩で大きく深呼吸するように「うん、大丈夫だから……」とだけつぶやいた。声は震えていて僕といえども彼女が泣いていることが解《わか》った。そして静かに立ち上がり、うつむいたままこちらに振り返るとそのまま僕の胸と右肩のあいだあたりに顔をうずめた。決して顔を見せないようにと気を遣っているのだろう。

Tシャツの胸元に熱い水滴が小さくないシミをつくっていくのがわかる。僕は右手に傘を持ったまま、左手をそっと彼女の背中に回した。

「ごめんね……。お化粧崩れちゃってて……。こんな顔、見せらんないから……」

「ねえ、一体どうしたの。風邪ひくよ」

「……うん、あのね……。ウチ……。大我と別れちゃった……」

「……ったく、あいつ何考えてんだよ」

「ちがう……。違うの……悪いのは全部ウチだから……。大我は悪くなんかないの……」

「どんな理由があっても女の子を泣かせることは全部悪に決まってる。あんな奴《やつ》のことなんて早く忘れたらいい、笹葉さんは最高に素敵な人だから……。ホントそれはおれが保証する。きっと、もっと素敵な彼氏がすぐに見つかるよ」

「優しいんだね、竹久《たけひさ》は……。……ほんとにウチのこと、すてきだと思う？」

「あたりまえじゃないか」

「……そう……。だったら……。だったらウチと付き合ってよ」

「え……」

「竹久……。ウチの恋人になってよ……」

本当ならイエスと言ってしまいたい。普通に考えて、笹葉さんのような美人に付き合ってほしいなんてことを言われて断る人間がいるだろうか。でも、それはおそらく誰に対しても不誠実な回答。

「……」

「……駄目だよ……。だって……。そんなのずるいじゃん」

「……うん、ずるいね。そうだよ。ウチ、ずるいんだよ……ありがとう、これで……ちゃんと前へ進める……」

彼女の言う〝ありがとう〟が誰の、なにに対しての言葉なのかはわからなかったが、とにかく彼女を一人にしてあげるべきなんだと僕は思った。彼女はおそらく一人で考え、一人で悩み、一人で結論にたどり着くべきなのだろうと思う。そして彼女自身、そう決心していることがなんとなくだが僕にはわかった。

背中に回していた手を戻し、彼女の手を取った。その手に僕の傘をあずける。

「これ以上濡れると風邪をひくからもう、帰りなよ。傘、使ってくれたらいい」

「竹久はどうするの」

「だいじょうぶ。おれは雨が好きだから。……今からちょっと大我を殴りに行ってくる」

僕は笹葉さんを残し、走ってその場を去った。西川《にしがわ》沿いの道をしばらく上流に向かって歩いたところに噴水のある公園があり、園内のあずまやに置いてあるベンチで雨宿りをするように大我は座っていた。僕が駆け込むようにあずまやの屋根の下まで来ると大我は無言で立ち上がった。雨はそれほど激しく降っていたわけではないが僕はそれなりに濡れてしまっていた。

「どうしたんだ、優真《ゆうま》。傘、持ってなかったのか」

「さっき笹葉さんに会った。傘は彼女に渡してきたよ」

「……そうか、じゃあ、聞いたんだな」

「ああ、聞いた。で、何か弁明するつもりはあるか？」

「いや……ない。全部俺が悪いんだ」

「……そりゃそうだろうよ！」

言い終わるかどうかのところで僕の右手は固く握りしめられていて、躊躇《ちゅうちょ》することもなく大我の顔面へと向かっていった。

大我は顔を少しだけ動かす程度で僕の右腕をかわした。それとほぼ同時にみぞおちあたりに激しい衝撃が走った。あまりのことに痛みを感じたかどうかもわからなかった。

「わ、わりい、つ、つい……」息を漏らすような謝罪を耳にするかしないかのところで僕の意識は途絶えた。……あまりにもカッコ悪すぎる……

意識が回復したのはそれから三時間くらいたった頃だろう。ベンチの上に寝そべっていた僕の目が開き、公園の大きな柱時計の文字盤が見えた。すでに深夜十二時を回っている……

「……ああ、もう終電ねえな」

「だったら朝まで付き合ってやるよ」

ベンチは僕が一人で寝そべって占領しているため、大我はベンチの横の地べたに座り込んでいた。僕の意識が戻ったことに気がついて心配そうに声をかけてきた。雨足は激しくなっている。

「さっきは悪かったな。俺は……ちゃんと殴られるべきだったんだが……」僕は寝そべったまま大我の話に耳を傾けた。「俺、実はずっと葵《あおい》先輩……葵のことが好きだったんだ。だからいつまでも笹葉を欺くわけにはいかないと思った……。それが理由だ」

「……なんだよ、そんなの聞いてねえよ……」

「言ってなかったからな。優真、お前も葵のことが好きなんだろ」

「好き？　ああ、そうか、それをちゃんと訂正しなきゃいけなかったんだな。……別におれは栞さんと付き合ってるわけじゃあないよ。あれは栞さんが勝手に言ったことで思わずおれも否定できなくなっただけのことだよ……」

「……そう……だったのか……。じゃあ……なんで俺にあの本を薦めたんだ？　あれはギャッツビーのようになるぞって警告なんじゃなかったのか？」

「本？『グレート・ギャッツビー』のことか？」

大我は黙って肯《うなず》いた。

——まったく。大我は僕の薦めた本についてまるで変な解釈をしている……。まあ、僕が人のことをどうこう言えたガラじゃないが。

「……なんだよそれ。そんなつもりなんてないよ。もっと単純な理由で、きらびやかで華のある大我に憧れて……。華やかなるギャッツビーが大我に重なっただけのことだよ」

「そ、それだけのことなのか？」

「ああ、それだけだ。田舎者のニックはギャッツビーに憧れ、その傍《かたわ》らで協力しているじゃないか。たとえ古くからの友人を裏切るような結果になるとしても一心にギャッツビーを応援している。

それにさ、あの話の結末。ギャッツビーに不幸が訪れた後も彼の傍らで、その信念に敬服して、彼を尊敬し続けるんだ。確かにギャッツビーは完璧な人間とは言い難いよ。いろいろと間違ってる。それでもニックはギャッツビーを慕い続けるんだよ。だからギャッツビーを偉大《グレート》と言っているんじゃないか」

「あの話の登場人物、みんな少しずつ間違ってるんだよな。ニックだって例外じゃない」

「そうだな。ニックはギャッツビーに敬服するあまり、なにが正義かなんて考えがおぼつかなくなっている」

「なあ、何も間違えずに生きてるやつなんていると思うか？」

「……いないね。それでもみんな頑張ってるんだよ。間違えながら、迷いながら生きていく」

「お前、かっこいいな」

「カッコつけてるんだよ。まあ、所詮は薄っぺらいペーパームーンだけどな」

「ペーパームーン？」

「ああ、栞さんがおれのことを比喩でそう言ったんだ。表面を取り繕っただけの偽物の月だってさ」

「月……。もしかしてあの月は優真のことを指しているのか？」

「ん？　なんのことだ？」

大我はスマホを取り出し、そこに保存してあった画像を取り出して見せてくれた。もう、何度も見慣れたタッチだから、絵に疎い僕でも栞さんが描いたものだとわかるようになってきた。月明かりに照らされた大我の姿が虎の姿に変貌しかかっている。

「春の文化祭の日、旧校舎の部室で葵に描いてもらったんだ。この絵の意味を考えたんだがよくわからなかった。でももしかするとこの月は優真のことで、その光に照らされた俺が……」

「いや、まさかそれはないだろう。春の文化祭の出来事なら、その頃はまだおれだって栞さんとは面識がない。たとえ大我の友人である俺のことを知っていたとしても、ペーパームーンだと形容するくらいに知っているはずはない」

「それも……そうだな」

「むしろその絵ってさ、『山月記《さんげつき》』の李徴《りちょう》じゃないかな?」

「山月記?」

「中島敦《なかじまあつし》の短編小説さ。李徴はプライドが高い男でね、下級役人をやっていることが我慢ならなくてあっさり仕事をやめて詩人になろうとするんだ。だけど思うようにはいかず、それでもなおプライドの高さのせいで人の心を失い、虎へと変貌していく自分に気づくんだ」

「なんだよ、それってまるっきり俺のことじゃねえか。つまり葵はプライドを捨てきれない俺が人の心を失った虎になったと言いたかったんじゃ……」

「どうだろうな。李徴は友人の袁傪《えんさん》に自分の想《おも》いを託し、最後に虎になった自分の姿を見て欲しいと言い残し、最後はその虎の咆哮《ほうこう》で物語は締めくくられるんだ」

「バッドエンド……ってことだよな」

「うん。まあ、そうなんだけどさ……。あの物語を李徴の友人である袁傪が書き残したものだとして考えると、あながちそうとも言えないんじゃないかな。最後虎となって月に向かって咆哮するその姿は、憐《あわ》れというよりはむしろ雄々しく勇ましい姿として描いているように思えるんだ。つまり袁傪は獣にこそなったものの最後まで自分の道を歩もうとした李徴を称賛しているんじゃないだろうか。ギャッツビーと同じだよ」

「……」

大我はしばらく口を閉ざしていた。僕の言葉をかみしめるように何かを考えこんでいた。

「なあ、大我。厚かましいことを言ってすまないんだが、……笹葉さんにはおれに殴られたってことにしといてくれ。でないと彼女に対してはカッコつかなくなる。カッコつけたいんだよなおれは」

僕自身。すごくカッコ悪いことを言っているんだという自覚はある。

「……ああ、そうだな……。親友……なあ、笹葉ってお前のこと……」

「ん？」

「いや、俺から言うことじゃないな。忘れてくれ」

大我は立ち上がって近くの自販機に飲み物を買いに行った。僕は痛む体を無理やりに起こしてベンチに座り、少し考えた。

――きっと栞さんも、大我のことがずっと気になっていたんではないだろうか。あの日、栞さんはずっと一人で文芸部の部室で大我が入部届を持ってくるのを待っていたんじゃないだろうかとさえ思う。

少し前に瀬奈《せな》から、あの旧校舎で起きた怪奇現象の顚末《てんまつ》を聞かされたことがある。勝手に僕が解決したと思っていたが、まるで足りていない推理で、笹葉さんは誰かほかに仕組んだ人間がいるのではないかと考えていた。

僕はその犯人は栞さんなんじゃないかと思う。彼女は自身で桜の押し花のメモからあの鍵を使い、旧校舎に幽霊が出るとの噂《うわさ》を作っておいた。そうすればほとんどの生徒は怖気《おじけ》づき旧校舎へは近づかなくなるだろう。そこに、大我が入部をすることで、あの静かな教室で二人蜜月を過ごそうと画策していたのだ。

計算違いは入部したのが大我ではなく僕だったということ。だから計画は変更になった。たしか僕が入部した時、彼女は部員が足りなくて廃部になるから友達を誘えと言っていた……。その友達というのはおそらく大我のことなんだろう。

そして、怪奇現象を演じる必要がなくなった栞さんは、瀬奈と僕を使って鍵が元の通り職員室に戻されるように手配したというのはどうだろうか。もちろん、確証はないし栞さん自身に名探偵よろしく詰め寄るような無粋なことを僕がするわけがない。

大我が缶コーヒーを二つ持って帰って来た。

「これでよかったか？」見ればミルクと砂糖のたっぷり入った缶コーヒーだ。

「おれは無糖派なんだけどな」

「まあ、そう言うな。オゴリなんだから」

温かいコーヒーを受け取り両手に挟むと、雨に濡《ぬ》れて冷えた体が温かくなった気がした。

「なあ、大我。文芸部に入らないか？」

「漫画研究部だろ。俺、漫画あんまし読まないぜ」

「それならおれだってそうだ。それに以前、栞さんがおれと大我をモデルに漫画を描きたいって言ってたしな」

「まさか、引き受けたのか」

「大我がその気なら構わないって言っておいた」

「あいつの描く漫画、ＢＬ専門だぜ」

「……」

「知らなかったのか？　たしか〝あおいしおり〟と書いた紙を裏返しにして90度回転させるとペンネームになるんじゃなかったかな。あいつの描いた同人誌はネットなんかではそこそこ有名らしい」

「ああ……そういえばそんなペンネームの同人誌をどこかで見たことがあるような……まあ、何はともあれ、大我はおれの入部の勧誘を断りはしないだろう？　お前はおれに借りがあるわけだし、そのことで全部チャラにしよう」

僕は缶コーヒーのプルタブを起こして口をつけた。

「……甘い。甘すぎるよな」


朝まで語り合い、それから家に帰った。大我が傘を差して駅まで送っていくと言ってくれたが断った。男とラブラブパラソルするつもりなんてない。コンビニで安い傘を買って、始発の電車に乗り、家に帰った。すっかり明るくなった部屋のカーテンを閉めて布団にもぐった。

これで僕たちは以前のように三人仲の良い友人同士に戻れるのかはわからないが、なるべくならそうなりたい。

大我の強引で自分勝手なところは基本受け身の僕にはウマがあった。むしろ彼自身、そんな相性の良さを本能的に見抜いていたのかもしれない。それに笹葉さんと大我の二人が付き合うという話を聞いた時、笹葉さんを大我にとられたという感じはしなかったのだが、笹葉さんに対して大我をとられたという感情がなかったかといえばそれを完全に否定はできない気がする。

僕は間違いなく大我に対して強く好意を抱いていたのだ。まさか栞さんがそこまで見抜いた上で僕と大我のＢＬ漫画を描きたいと言ったわけではないのだろうけど……。

雨音は勢いを増して窓を叩《たた》く。天気のせいもあって朝日が昇った後でも落ち着いて眠り続けられるくらいの暗さがあった。

どうせこの雨なら花火は中止だろう。それにあの二人が別れたとなれば四人でお祭りに行く約束なんてあったものじゃない。せっかくだからこのままずっと寝ていよう。考えてみればみぞおちあたりが痛む、きっとしばらくは痣《あざ》になるんだろう。思いながらまた眠りに落ちた。

眠りを妨げたのはスマホの着信音。ビル・エヴァンズの『ワルツ・フォー・デビイ』は瀬奈からの着信に設定してある。きっとあの二人が別れたという話だろう。このまま無視したいという気持ちがあったが、僕は元来、そういうことのできない性格だ。

画面を見ると宗像《むなかた》瀬奈の名前と日付と時間が表示されている。いつの間にか時計は午後三時を回っている。随分長く寝ていたものだと思いながらも着信を受けた。

《あ、もしもし、ユウ？　ねえ、サラサたちのこと、聞いた？》

「ああ、聞いたよ。僕もそれで一悶着《ひともんちやく》あって、家に帰ったのは朝だった」

《そう、大変だったね。サラサ……詳しいことはあんまり教えてくれなかったんだけど……》

「うん、ちょっとややこしい話でさ、まあ、大我に非があるみたいだけど、僕の口から言っていいのかはどうも……。でも……大我のこと、許してやってくれないかな。僕からも頼むよ。あのまま放っておくときっと、もっと傷つくことになっていたと思うから」

《うん、ユウがそう言うならそれで……。それにサラサも詳しくは教えてくれなかったけど、とにかく黒崎君は悪くないからってだけ言ってたし……。で……それとね……》

「うん？　どうしたの？」

《うん、あの……。こんな時に言うのもなんだけど……。今日のお祭り……アタシたち二人だけでも行かないかな……。あー、その、せっかく買った浴衣、無駄になっちゃうしね》

窓の外を見るとまだ雨は激しく降っている様子だった。
「まあ、それは構わないんだけどさ、この雨じゃお祭りはどのみち中止なんじゃないかな」
《大丈夫だよ。きっと……。明けない夜が無いように、止《や》まない雨もないからね。それにアタシね、むかしっから晴れオンナなんだからっ！》
彼女が晴れオンナかどうかについてはいささかの疑問もある。彼女と一緒に過ごした思い出は、いつの日も雨、のような気もするが、「じゃあ、晴れたら」と言って電話を切った。今から眠るわけにもいかず、準備をしてからとりあえず家を出た。

雨の中、コンビニで買った透明の安い傘を差して駅に向かい電車に乗ったが、やはりどう考えても無駄な気がする。東西大寺《ひがしさいだいじ》駅で途中下車して喫茶店リリスに立ち寄った。傘を傘立てに差そうと見た時、傘立てに一本、ずっと前からそこに差しっぱなしの赤と黄色の傘が目についた。さほど気にすることもなく自分の何のかざりっけもないコンビニの傘をその隣に並べて差し店内に入った。

当然店内に僕以外の客は誰一人としていなかった。その日僕は少しセンチメンタルになっていたのかもしれない。店内に入って右のカウンター席に向かい、隅の席に着いた。

「どうしたんだい。夏休みだというのに随分眠そうな顔をして」

「うん、まあ、ちょっとね……。マスター、今日はうんと濃いめのエスプレッソを……」

背中を向けて作業をするマスターにむかって「……実は、」と切り出して、昨日の夜から今朝方にかけての出来事を洗いざらい話してしまった。きっと誰かに聞いてもらいたかったのだろう。

「いいじゃないか、青春だな」その一言。

「なにがいいもんですか？　別にいい話をしたつもりはないんですけど」

「十年もたてば全部がいい思い出になるさ。まったく。青春時代というものが羨ましいよ」

「大人はみんなそう言うけれど、当事者としてはそれはそれでいろいろ大変なんですよ。……まあ、知ってるとは思いますけど。

もう、過ぎ去ったことだからいい思い出だけ思い出して羨ましいと言っているような気がするんですよね。こっちとしては」

「青春ってのはね……まだそれ自体が終わっていないってだけで幸せなんだよ」

「そんなもんですかね。バーナード・ショー曰《いわ》く〝青春は若者にはもったいない〟か……」

「そのうちわかるさ」

「で、マスターの青春はどうだったんですか？」

「君と大して変わらないさ、いつも傷ついては悩んでばかり、そうかと思えばバカみたいに何も考えずに笑ったりする」

「あの頃に戻りたい？」

「どうかな」

　それだけ言うとマスターはフラッシュメモリーを取り出してカウンター席のテーブルに置いた。「書いてみたんだよ」

「……」

「もう、二十年近く前のオレの青春時代のやり残した宿題。才能も技術も何もないのかもしれないけれど、それでもとにかく挑戦だけはしておきたいんだ。オレの人生だってあと三十年以上はあるんだ。生まれたばかりの子供が作家になるのに十分な時間だ。……きみに読んでもらいたい。それで感想を聞かせてくれないか」

「……僕でよければ。それにしても瀬奈はすごいな……」

　窓からまぶしい光が差し込んできた。

「晴れたな……」

「天気でさえも自在に操るみたいだ」

　岡山駅に到着し駅舎を出た時に失敗したと感じた。こんな地方のお祭り、それについさっきまで雨が降り続いていたというのにどこからわいてきたんだというほどの人の多さ、こんなところで待ち合わせをして見つけられるわけがない。しかもスマホまでもが〝回線が込み合っているため……〟などという言い訳を始めてしまった。

まいったな。と思いつつも待ち合わせ場所に指定した噴水の方に目をやると、そこに瀬奈が立っていた。『カイロの紫のバラ』というのは確かウディ・アレンの映画のタイトルだったか、その時の彼女を形容するにぴったりの言葉だった。どんな人ごみにあってもはっきりとそれをとらえられるほどに輝いていたのかもしれない。藍色の帯に紫色の浴衣、その浴衣の柄は鮮やかな紫陽花《あじさい》だ（残念だがバラではない）。髪は斜め後ろの方で一つに束ねられていて青い造花が栗色《くりいろ》の髪を飾っている。

僕の姿に気づいた瀬奈は手に持ったうちわを小さく左右に振りながら合図した。近づいた僕の前で両手を開き自分の浴衣姿をアピールする。

「どう？」

——どうと言われても言葉に詰まる。それなりに読書をしてそれなりに言葉を扱えるつもりになっていたのに、僕の想像力で引き出せるどんな言葉をもってしても彼女を形容するには陳腐すぎる。言葉を失い、ただただ見つめるしかない。

「ちょ、ちょっと何よ。いくら何でも見すぎじゃない？」

照れくさそうにはにかんで、持っているうちわでその口元を隠す。

僕はしばらくそのまま見つめ続け、ゆっくりと言葉を発した。

「軒先の　金魚のつがい　ながめあき」

「…………なにそれ？」

困ったような表情で瀬奈がつぶやく。

「ここに書いてある」と、僕は彼女が手に持ったうちわに描かれているイラストの波しぶきを指さす。「知らなかったの？」

「うん。家にあったやつがとてもかわいくって持ってきただけだから」

「そのうちわは撫川《なつかわ》うちわと言って岡山の伝統工芸品なんだ。歌継ぎと透かしの技術が特徴で、俳句を一筆書きで描いて波しぶきに隠すんだ。光にかざして透かすと文字が読み取れる」

「あ、ほんとだ。ねえ、どういう意味なのかな？」

「そうだな。雨が降っていて外へ遊びに行くこともできない状態で、軒先のカップルの金魚をただただ眺めているだけで飽きてしまったという悲しい意味がひとつ」

「ひとつ？」

「うん。最後の『ながめあき』は掛詞《かけことば》になっていて『ながめ（長雨）』つまり、梅雨が明けたという意味にもなる」

僕の話を聞いているのかいないのか、彼女はうちわを空に透かして眺めている。

「もう、梅雨は明けたみたいね」

瀬奈のそんなつぶやきで、僕は今日、花火が打ち上げられるであろうことを確信した。


午後七時からの花火が始まるまでにあと三十分くらいはある。僕らは会場の中州に向かって歩きながら途中の出店を見て回ることにした。見て回る……。とは言っても見るだけでは収まらない。りんご飴《あめ》にタコ焼き、わたあめ、フランクフルト。目につくものを次から次へと食べつくし、一体この小さな体のどこにこれだけ入るのか不思議でならない。口元の小さな黒子《ほくろ》が食べるたびにひょこひょこと上下に揺れている。なんだかそこに小さな生き物が住んでいるみたいだ。射的に金魚すくい、輪投げ、目につくもの次から次へと遊び倒す。……おいおい、そんなことじゃ花火が始まるまでに近くまで行けないのじゃないかと心配するやいなや、遠くのお面を売っている屋台に向かって走っていった。子供じゃあるまいし、あんなもののどこがいいのか……。

人ごみの中を一人立って待っていた。ヘタに動くとはぐれてしまうかもしれない。置いてきぼりを食った僕はしばらくそこから動かないことにした。

「あれ？　優真じゃないか……」

後ろからなんとなく聞き覚えのある声、振り返ってまず目に付いたのは声の主である中学生の頃の同級生の片岡《かたおか》君ではなく、その隣にいた黒髪の文学乙女、若宮雅《わかみやみやび》だった。

その時、最初の花火が打ちあがった。『ドーン』と大きく鳴り響く音と振動は僕の心臓を激しく揺さぶった。

僕のよく知る彼女と少し雰囲気が違って見えるのは、たぶん眼鏡をかけていないからだろう。藤色の浴衣に身を包む彼女は僕の知るその人よりもずいぶん大人に見えた。

今すぐここから逃げ出したい。それでも瀬奈のことを考えると、そうもいかないだろう。

「ああ、優真。オレたち今、付き合ってるんだ」

「……ああ、そうなんだ」

そっけなく……特に気にする風でもなくあっさりと答えたが、心の中で何かが崩れ去るのを感じた。僕はすでに彼女にすっかりフラれているし、彼女と同じ白明《はくめい》高校に進学した片岡君と若宮さんが付き合うことを想像していなかったわけではない。それでもいざ、目の当たりにするとショックを受けるものだと感じた。彼女の存在は記憶の隅に追いやったはずだが、それでも未《いま》だ心の真ん中にいたことを痛感させられた。

「あ、そういえばさ、中学の時の教師で奥山《おくやま》っていただろ、あいつさっき女連れで歩いているのを見かけたぜ」

片岡君のそんな言葉も僕の耳には上手《うま》く入らない。

「ねえ、竹久君は今日は誰かと一緒？」

「もし、一人ならオレらと一緒にまわるか？」

気の利かないことをずけずけと言ってくれる。若宮さんにしても……。それに片岡君だって僕が彼女に告白したってことくらい知っているだろうし、こいつらわざとやってるのかと疑いたくなるほどだ。いや、事実そう考えた方が正解かもしれない。なんだか泣きたくなってくる……

「あー、ごめんごめん。待たせちゃったね！」そこに瀬奈が戻ってきた。狐《きつね》のお面を後頭部に装着して、左手にソフトクリームを持っていた。まだ食うのかコイツ……と思っていたら、まるで若宮さんのことに気が付かないような素振りで僕の左に寄り添った瀬奈は、空いた方の右手を僕の左手に絡めるように手をつないだ。俗に言う恋人つなぎというやつだ。「はい！」と言いながら左手に持ったソフトクリームを僕の口元に運んだ。若宮さんたち二人の視線が気になり、さすがに「おい、瀬奈……」と小さく囁《ささや》いた。

「どうしたの、ユウ？」

と僕の様子をうかがい、その視線をたどって黙って見ている若宮さんたちに目をやる……

「あ！　やだ。なに？　知りあいなの？　ごめんなさい、なんか気づかなくて……」ヘタな演技だ。

「な、なんだ、優真。お前彼女と一緒に来てたんだ、わりいな、なんか邪魔しちゃって」

「ああ、いや、いいんだ」

「そうか、じゃあまたな」

　言葉少なに若宮さんたちは通り過ぎて行った。

「……なんか……。悪かったな。気、遣わせちゃって……」

　通り過ぎてしばらくしたので、僕は瀬奈とつないだ手を離そうとした。

「ああ、気にしないで、ただ好きでやっただけだから……」言いかけて瀬奈は僕の手を強く握りしめた。

「ねえ、今の人がミヤミヤだね」

　僕は今まで瀬奈に若宮さんの話をしたことなんて一度もないはずだった。

「ぽっぽ君から聞いたことあるんだ」

「あいつめ」

「ねえ、ミヤミヤってなんかしおりんに似てるね」

「……」

「ユウはああいう人が好みなのかな？」

「……」

「それに、サラサともちょっと似てるかな」

「……笹葉さん？　それは違うんじゃないかな」

「だってサラサ、中学の時は黒髪のストレートだったし、それにおとなしいタイプで眼鏡っ子だったから」

「そ、そうなのか？」

「知らなかった？　まあ仕方ないか。なんだかちょっと悔しいなあ」

瀬奈はそう言ってソフトクリームを食べ終わった手のひらをまっすぐに空へと伸ばした。

色とりどりの花びらがビルの隙間に咲いては消え、咲いては消えていく中、おぼろげな月だけがいつまでも浮かんでいる。

「何をしてるんだ？」

「月を、つかもうと思ってね。でもまだ、少し届かないかな」

「届くわけないだろ。月までどれくらいあると思ってんだよ」

「そんなの、やってみなきゃわからないよ。ちゃんと地に足つけて、体をバネにしてまっすぐと伸ばせば案外簡単に摑《つか》めるかもしれない」

「すごいな、瀬奈は」

「なにが？」

「そうやっていつも前向きでさ。いつも腐りかけの僕にまぶしく栄養を与えてくれる太陽みたいだ」

「太陽？　アタシが？　うーん。でも、それはちょっとやだな」

「なんで？」

「だって、ユウが月ならアタシたち一緒にはいられないじゃん」

そういえば笹葉さんが僕を月みたいだと形容したのだっけか。人には決して裏側を見せようとはしない、表面だけを取り繕ったペーパームーン。

「それなら心配ないよ。昼間にだって月はちゃんといるんだ。ただ、太陽があまりにもまぶしすぎて見えないだけだ」

「ねえ、少し休もうか」

瀬奈が川沿いのベンチを指さす。

「いいのか、花火はもう始まってるんだぞ。会場まではまだもう少し距離がある」

「いいのよ、べつに。あんまり近づいても人が多いだけだし」

「そうか、それなら……」

ベンチまで寄ると、見た目こそ濡《ぬ》れてはいないが、さっきまでの雨のせいで、木製のベンチには雨水がしみ込んでいるに違いなかった。新調したばかりの瀬奈の浴衣が濡れてはいけない。僕は持っていたタオルをベンチの上に広げた。

「ありがとう。さすが気が利くのね」瀬奈はお礼を言って座ろうとした。

それでもいくらかの不安を感じた僕は「あ、ちょっとまって」と言ってポケットに手を入れた。少し皺《しわ》になったハンカチが出てきた。紅葉《もみじ》の柄のついた白いハンカチだ。軽く皺を伸ばしながらそのタオルの上に載せた。

「さあ、どうぞ」

瀬奈はそのハンカチの上に座ろうとはしなかった。僕の取り出したハンカチをただただじーっと見つめている。

「ねえ、なんでユウがこれ、持ってるの？」

なんで？　と言われて考える……。そうだ、思い出した。

「あ、ああ、ゴメン。確か入学式の日の朝に瀬奈に頭を殴られて……その時に瀬奈が落としたものを渡そうと思って拾って……。いつの間にかそれを忘れて、自分のものだと思い込んで着服してしまってた……」

まったく。僕は昔からそういうことがよくある。

ごめんなさい……と素直に謝ろうとした時に瀬奈は言った。

「あ、あの時の……」

「そうだよ。再会した時、瀬奈は僕のことを憶《おぼ》えていなかったみたいだったけど」

「ふふ、ごめんね……」

「いいさ」

「そうか、あの時の少年はユウだったのか……うん、それはやっぱり運命を感じちゃうかも」

瀬奈は静かにハンカチの上に腰かけた。

ここからだとあまり花火は見えない。ビルの隙間から覗《のぞ》く花火が西川の水面に映って時折明るくもなるが、街灯の少ない川沿いの緑道ではあたりは仄暗《ほのぐら》く人の気配も少ない。花火の明かりからだいぶ遅れた轟音《ごうおん》がビルの隙間にこだまする。

「花火なら、こっちにもあるよ」

瀬奈が手提げから取り出したのは数本ばかりの線香花火、それに小さなスタンド型のキャンドルと使い捨てのライター。

「おっきいのもいいけどやっぱりこれなんだよね」

ベンチに二人で腰かけ、二人の間の地面にキャンドルを置くと、使い捨てのライターで火を灯《とも》した。瀬奈が持っていた線香花火を半分ほど僕によこし、二人で火に近づける。

足元は華やかに明るく灯された。血色の豊かな彼女の顔はいっそう赤く照らされる。僕は必死に言葉を探そうとしたがこういう時に限ってなにも言葉が見つからない。一つの線香花火がその先端を落とすとまた、無言のまま次の花火に火をつける。瀬奈もまた次の花火に火を灯す。どうしたというのだろう。いつも、何の気なしに会話を交わしていたはずが、急にいつも何を話していたのかさえ解《わか》らなくなった。

遠くの大きい花火の音が消えた。一つのセクションが終わり、次の花火が始まるまで数分間の休憩が入る。二人の沈黙に加え、背景の音も消えて、あたりはわずかな雑音ばかり、いや、その雑音さえももう耳に入らなくなっていた。僕は気まずさを紛らわすために、消えた線香花火の替わりの次の一本に即座に火を灯した。

その時、風下から強い風が吹いた。瀬奈の結わえた髪をゆらすと同時に、二人の線香花火の先端と、足元のキャンドルの火とが消えた。

周りには街の明かりがあるにもかかわらず、突然の暗闇は目が慣れるまでの間は真っ暗に感じる。たしかこのあたりにライターが置いてあったはず。記憶を頼りにベンチの上を手でまさぐった。握りしめたのはライターじゃない。それはつめたく冷えた瀬奈の手だった。慌てて手をどかそうとしたが、それを制するかのように瀬奈のもう片方の手がその上に置かれた。

だんだんと目が慣れてくる……

すぐ近くに瀬奈がいた。

流れる風が硫黄のにおいを運び、湿り気のある瀬奈の吐息に混じる。

彼女はそっと両眼《りょうめ》を閉じた。

こういう時に、僕はどうすればいいのかを考えた。

まるで頭が回らない。

ただ思い浮かぶひとつの答えを必死で否定しても、やはり巡り巡って同じ答えにたどり着く。

でも、どうしても踏み切れない。

まだ、僕の中にある完全に振り切れないいくつかの事象がそれを邪魔するのだ。

瀬奈の目が開いた……

彼女は何事もなかったように立ち上がり、空を見上げた。

もしかするとまた僕は、恥ずかしい思い違いをしてしまったんじゃないかと思った。

彼女の横に並ぶように自分も立ち上がる。


二人は空を見上げ、少しおぼろげな月を見つめた。

瀬奈がぽつりとつぶやく。

「月が……きれいだね……」

瀬奈が柄にもなくそんなことを言った。

「月は……太陽の光を浴びてはじめて輝くことができるんだよ……」


九月の最初の朝、空は晴れやかでまだまだ残暑は続くが、それでも風はいくぶん優しくなってきた。

それは僕にとっての日課であって変更する予定もない。むしろいまさら変更する方が不自然だ。駅のホームの一番隅まで歩き黒髪の文学乙女に朝の挨拶をする。

「ああ、竹久君、おはよう。久しぶりだね」

「ん？　ああ、おはよう。……今日はまた、眼鏡かけてるんだね」

「なんだ、もったいない。お祭りの日のことを言っているのね。あの時の方が特別だよ」

「なんだ、もったいない。眼鏡をかけてない若宮さんも新鮮でかわいかったんだけどな」

──よくもぬけぬけとそんな言葉を口にするものだ。きっと僕の心に少しばかりのゆとりが生まれたせいだろう。そしていつものように数駅の間、彼女のナイトとしての役目を果たして、電車が東西大寺駅に到着する頃……

「あ、あの……す、すてきな彼女だね」

「……だろ？」それ以上の余計なことは言わない。そう思ってくれているならそれでいい。

電車を降りた僕にはまだ時間がある。すぐに学校に向かうではなく、喫茶店のリリスに向かい、カウンター席に座った。いつものことながら他にお客さんはいない。

熱いコーヒーをブラックで飲みながら目を瞑《つぶ》り、ケイ・コバヤシの唄う『ハウ・ハイ・ザ・ムーン』に耳を澄ましていた。

「今日から新学期か」マスターの方から声をかけてきた。

「うん、まあ、何というか。新しい生活の始まりといったところかな。あ、そうだ。これを……」僕はポケットからフラッシュメモリーを取り出してマスターに差し出した。

マスターは無言で受け取り、それにポケットに入れ、それから喉を一つ鳴らしてから聞いてきた。

「で、どうだった？」

「うーん。まあ、要するにこの話って、世の中はものの見方、考え方ひとつで世界はどうとだって違って見えるってことなんでしょう？　まあ、これに関する読書感想文はそのメモリの中に入れておいたから覚悟ができたら読んでみてよ」

「読むのに、覚悟がいるような感想なのか……」

「それよりさ、その物語のタイトルはどうするの？」

「いや、まだ決めてないんだ。なんだったら君がつけてくれてもいい」

「うん、じゃあまた考えておくよ。あ、いけない。もうこんな時間だ。新学期早々遅刻しそうだよ」

店を後にした僕は始業時間ギリギリで誰も歩いていない坂道で空を見上げ、さらにその先に浮かぶ太陽を見上げた。体全体をバネにするようにまっすぐと手のひらを伸ばしてみた。

広げた手の先に太陽の暖かさを感じる。あと、もう少し伸ばせば、太陽にだって手が届きそうな気がする。

「ししっ！」

と、わざと声に出して笑ってみた。

――なるほど、そういうことか。つまらないからうつむくのではなく、嬉《うれ》しいから笑うのではない。うつむくからつまらなくなって、笑うから嬉しくなるのだ。少なくとも彼女はそうしながら生きているに違いない。

過去に僕はひねくれて捻《ね》じ曲《ま》がることを肯定してもらったばかりに、すっかり卑屈になっていたのかもしれない。捻じ曲がることが決して悪いことだとは今でも思ってはいないが、彼女は僕にまっすぐに進む生き方もあるのだと教えてくれた。

よく晴れた朝の空は青く澄んでいて気持ちがいい。

僕は数か月前の入学式の朝を思い浮かべてみた。

たしかあの日はうつむいたまま歩いていてすっかり気づいてもいなかったんだ……

あの日の僕の頭上では桜の花が満開に咲いていたはずだ……

僕は坂の上に見える太陽に向かって駆け上がった。

——事実は小説より奇なり。

言わずもがなイギリスの詩人バイロンの言葉だが、まさにその通りではないだろうか。

現実世界には勇者などいないし、魔法も魔王も存在しない。都合の良すぎるハーレム展開さえ、そうそうあるものではないだろう。

しかしながら、筋書きの定められた小説の世界とは違い、現実世界ではいろんなことが知らないところで起きている。そしてその知らない何かがある時、突然として目の前に思いがけない形で訪れるかもしれないし、訪れないかもしれない。

たとえ訪れたとしてもそれはさほど気に留《とど》めるほどの出来事ではないかもしれない。

しかし、そのどれもが筋書きのないドラマであり、何が起こるかわからない。

——何が起こるかわからない。

それを考えるだけでも、この現実世界というものはおもしろい。

それぞれの思いを胸に、物語はここから始まる。

あとがき

はじめまして。この度スニーカー大賞にて銀賞をいただきデビュー致しました『水鏡月《みかづき》聖《ひじり》』と言います。この読みづらいペンネームの由来は自身が尊敬する作家と作品、泉鏡花《いずみきようか》『高野聖《こうや》』にあります。少々かっこつけすぎてしまったような気もするのですが、デビューが決まった以上このままいくより仕方ないと腹をくくっています。

小説家になりたいと思っていたのは子供のころで、読書が好きになったのはおそらく母親と兄の影響だろうと思っています。母は横溝正史《よこみぞせいし》とか夢枕獏《ゆめまくらばく》とか少しホラーっぽいテイストを含むものが好きで、それらを物色しながらも兄の本棚から『ロードス島戦記《とうせんき》』などのファンタジー小説を拝借して思春期を過ごしました。しかし自分が書きたい小説というのもよくわからないままに時は過ぎ、実際に社会に出たときには料理人とまあ、まったく毛色の違う職業につき、現在も岡山市内で細々とレストランを経営しています。

それでも少ないながらも読書の習慣は続いており、そこで出会った『涼宮《すずみや》ハルヒの憂《ゆう》鬱《うつ》』。もう、衝撃が走りました。いまさら自分なんかが説明する必要もありませんが、子供のころ、自分が書きたかった小説というのはこういうものだったんじゃないかと感じ、子供のころに忘れた夢を今一度追いかけてみようとペンをとりました。

奇《く》しくも今回賞をいただいた第27回スニーカー大賞の募集ページに、子供のころに読んだ『ロードス島戦記』と小説を書こうと決心した『涼宮ハルヒの憂鬱』という二つの作品のキャラクターが描かれていたことは、ひとつの運命だったと言えるかもしれません。

昨年十一月、本作が順調に選考を進んで行き、最終選考に選ばれたころに最愛の母が他界しました。小説や、エンタメの大好きな母で『鬼滅《きめつ》の刃《やいば》』にドハマりしている中の急逝でした。もしかすると本作の受賞は天国の母の力添えもあったのかもしれません。

母には小説を書く上での相談もしており、生きているうちに受賞の報告ができなかったことが唯一悔やまれますが、きっと本作が天国まで届いていると信じています。

本作、「僕らは『読み』を間違える」は、カクヨム経由での応募でした。正直なことを言えば、はじめは通常のweb応募をしようと試みたのです。しかし元々が応募規定の文字数をかなりオーバーしていたため、せっせと文章を削ってはいたのですがどうにも削り切れないとあきらめかけたところ、「あれ？　これカクヨム経由の応募規定ならいけるんじゃね？」という安易な発想で応募してしまいました。

しかし応募後に気づいたのですが、文字数を合わせるために登場人物とエピソードを一人分削っていたせいで割と重要な伏線が回収されなくなっていたり、時系列に無理がありすぎたりとかなり残念な仕上がりになっていました。にもかかわらず、編集者のKさんに拾っていただいたことはまさに僥倖《ぎょうこう》と言えるでしょう。

編集者Kさんは受賞の際の話でも、まさに自分が描きたかったことについて共感してくれている様子で、深く理解してもらえていたことにまたしても運命を感じてしまいました。

しかし、驚いたのは本作が『ミステリ』として扱われていたことです。自分自身ミステリを書こうと思っていたわけではなかったのですが、確かに言われてみればミステリと言えなくもないと感じつつも、本作がミステリ小説であることに戸惑いとプレッシャーを感じております。

そして、イラストレーターのぽりごん。さん。キャラクター原案が届いた瞬間に「あ、瀬奈《せな》だ」と感じてしまいました。どのキャラクターもまさに自分の想像していた通り、あるいはそれ以上のデザインに感動してしまいました。改稿作業は新しいイラストが届くのを心待ちにしながらの毎日で、届けばすぐにスマホの壁紙にしていました。新しいイラストでこちらのほうがインスピレーションをいただき、原稿を書き換えることもしばしば。

特に、岡山の銘品、撫川《なつかわ》うちわをイラストに描いてくれたことはうれしかったです。めっちゃ地元なんです。これは本文中にも登場させなくてはと急遽《きゅうきょ》取り入れることになりました。

乙一《おついち》先生につきましては、身の程に余る推薦文をいただきありがとうございます。乙一先生の『GOTH』が自分をミステリの沼に引きずり込んだ作品だっただけに、推薦文をいただいた時には正直震えが来ました。本作の帯は家宝にします。

あと、校正の方にもお礼を言っておきたい。本作は名著や史実を引用することが多く、それらを本当に細かく調べて誤植や説明不足がないか確認してくださり、感謝の言葉もありません。

お礼を言い始めればきりがなく、話の長い老人は嫌われるそうなので割愛させていただき、本作は皆さんのお力添えで成り立っているのだと伝えておきたい。

本作は受賞時に「二回目のほうが面白い」との評価を受けました。二周目を読んでいただくことで何気なく通り過ぎたストーリーの中から新たな発見があるかもしれません。また、巻頭に描かれているイラスト等も読み終わる前と後では違った何かを見つけられるかもしれません。また、本作に登場する名著の数々、どれも素晴らしい作品ばかりですので、未読のものがあれば手に取っていただければ幸いです。そこに新たな発見があるかもしれません。

また、本作発売に合わせてカクヨムで本編に収まりきらなかった裏ストーリーを公開予定です。そちらや現在進行中の二巻を読んだ後でもさらに見えてくるものがあるかもしれませんので時間に余裕があれば（あるいは無くても）三度、四度と読んでいただければ幸いです。

あ、あと最後にひとつ。

この物語はフィクションです。作中に登場する岡山県は実在するもの、しないもの、あるいは過去に実在したけれど今はもうないものなどが入り混じった架空の世界です。そこに存在する人物や施設、団体等もフィクションということにしておりますので、たとえモデルになったであろう施設や人物に気づいても決して迷惑のかからないように配慮をお願い致します。

現在二巻を作成中です。本作に負けず劣らずの良作となるよう勤《いそ》しんでいますのでその時にまたお会いできることを楽しみにしています。

水鏡月　聖

絵描きのぼりごんです。この度はお邪魔致しました。
彼らのこういう他愛の無い一コマを描く機会を、
07.03.2022

僕《ぼく》らは『読《よ》み』を間違《まちが》える

著　水鏡月聖《みかづきひじり》

角川スニーカー文庫　23443

2022年12月１日　初版発行

発行者　山下直久

発　行　株式会社KADOKAWA
〒102-8177 東京都千代田区富士見2-13-3
電話　0570-002-301（ナビダイヤル）

印刷所　株式会社暁印刷
製本所　本間製本株式会社

◇◇◇

Printed in Japan　ISBN 978-4-04-112988-3　C0193

★ご意見、ご感想をお送りください★

〒102-8177 東京都千代田区富士見 2-13-3
株式会社KADOKAWA　角川スニーカー文庫編集部気付
「水鏡月聖」先生「ぽりごん。」先生

本書は、第27回スニーカー大賞で銀賞を受賞したカクヨム作品「僕らは『読み』を間違える」を加筆修正したものです。

角川文庫発刊に際して

角川源義

第二次世界大戦の敗北は、軍事力の敗北であった以上に、私たちの若い文化力の敗退であった。私たちの文化が戦争に対して如何に無力であり、単なるあだ花に過ぎなかったかを、私たちは身を以て体験し痛感した。西洋近代文化の摂取にとって、明治以後八十年の歳月は決して短かすぎたとは言えない。にもかかわらず、近代文化の伝統を確立し、自由な批判と柔軟な良識に富む文化層として自らを形成することに私たちは失敗して来た。そしてこれは、各層への文化の普及滲透を任務とする出版人の責任でもあった。

一九四五年以来、私たちは再び振出しに戻り、第一歩から踏み出すことを余儀なくされた。これは大きな不幸ではあるが、反面、これまでの混沌・未熟・歪曲の中にあった我が国の文化に秩序と確たる基礎を齎らすためには絶好の機会でもある。角川書店は、このような祖国の文化的危機にあたり、微力をも顧みず再建の礎石たるべき抱負と決意とをもって出発したが、ここに創立以来の念願を果すべく角川文庫を発刊する。これまで刊行されたあらゆる全集叢書文庫類の長所と短所とを検討し、古今東西の不朽の典籍を、良心的編集のもとに、廉価に、そして書架にふさわしい美本として、多くのひとびとに提供しようとする。しかし私たちは徒らに百科全書的な知識のジレッタントを作ることを目的とせず、あくまで祖国の文化に秩序と再建への道を示し、この文庫を角川書店の栄ある事業として、今後永久に継続発展せしめ、学芸と教養との殿堂として大成せんことを期したい。多くの読書子の愛情ある忠言と支持とによって、この希望と抱負とを完遂せしめられんことを願う。

一九四九年五月三日

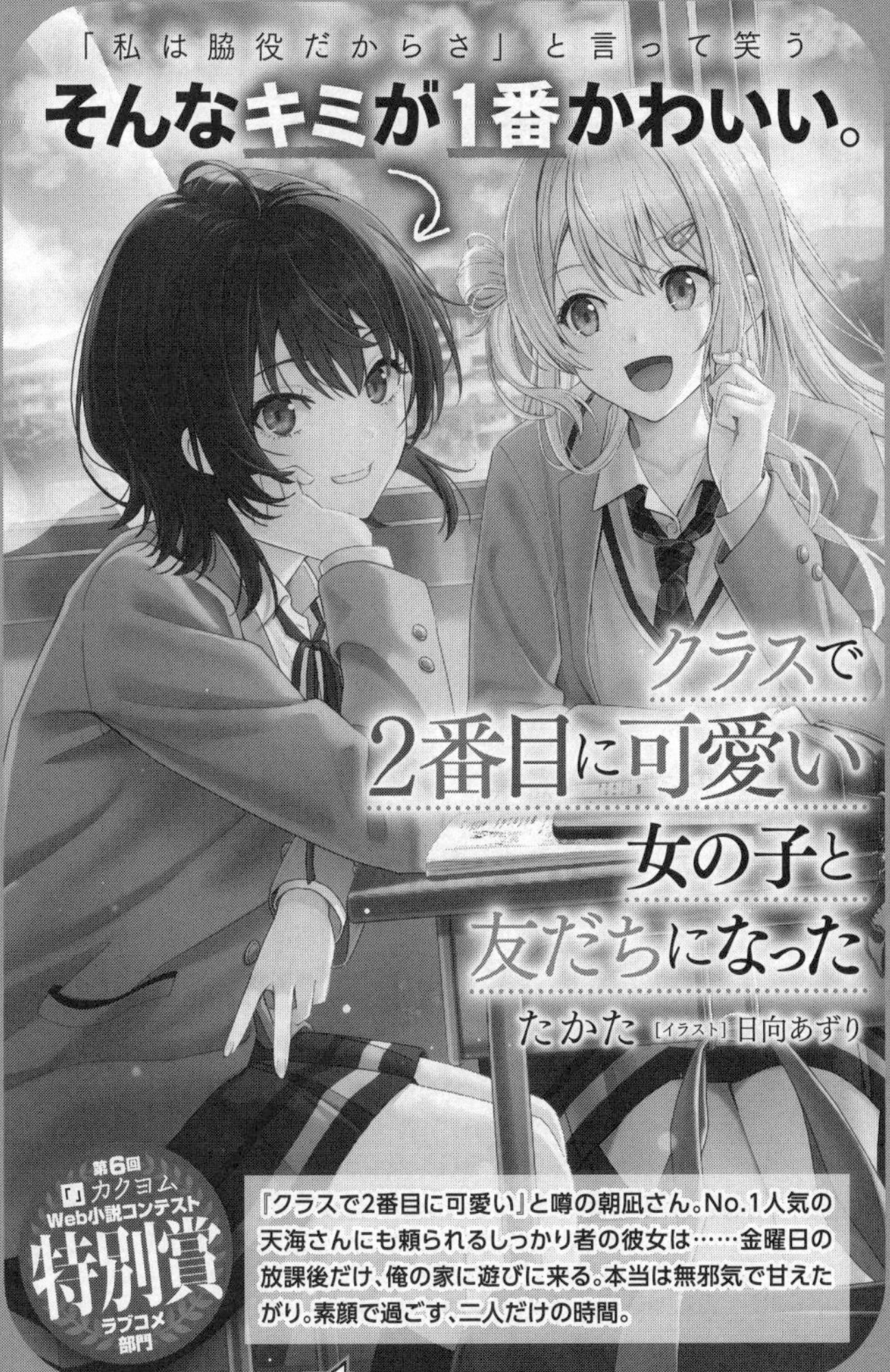
「私は脇役だからさ」と言って笑う
そんなキミが1番かわいい。
クラスで2番目に可愛い女の子と友だちになった
たかた [イラスト] 日向あずり
第6回 カクヨム Web小説コンテスト 特別賞 ラブコメ部門
『クラスで2番目に可愛い』と噂の朝凪さん。No.1人気の天海さんにも頼られるしっかり者の彼女は……金曜日の放課後だけ、俺の家に遊びに来る。本当は無邪気で甘えたがり。素顔で過ごす、二人だけの時間。

スニーカー文庫

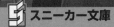

お見合いしたくなかったので、
無理難題な条件をつけたら
同級生が来た件について
桜木桜
イラスト
clear
story by sakuragisakura
illustration by clear
わたしと嘘の"婚約"をしませんか?
嘘から始まるピュアラブコメ、開幕。
お見合い話を持ってくる祖父に無理難題をつきつけた高校生・高瀬川由弦。数日後、お見合いの場にいたのは同級生の雪城愛理沙!? お見合い話にうんざりしていた二人は、お互いのために、嘘の『婚約』を交わすことになるのだが……。
スニーカー文庫

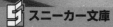

転校先の清楚可憐な美少女が、
昔男子と思って
一緒に遊んだ
幼馴染だった件
Hibariyu
雲雀湯
illust シソ
重版続々!!
元"男友達"な幼馴染と紡ぐ、
大人気青春ラブコメディ開幕!
作品特設サイト
公式Twitter
7年前、一番仲良しの男友達と、ずっと友達でいると約束した。高校生になって再会した親友は……まさかの学校一の清楚可憐な美少女!? なのに俺の前でだけ昔のノリだなんて……最高の「友達」ラブコメ!
スニーカー文庫

君の紡ぐ物語で
世界を変えよう。
第29回
スニーカー大賞
作品募集中!
大賞300万円
+コミカライズ確約
金賞100万円
銀賞50万円
特別賞10万円
締切必達!
前期締切
2023年3月末日
後期締切
2023年9月末日
詳細は
ザスニWEBへ
https://kdq.jp/s-award
イラスト/左